GOBOOKS
& SITAK
GROUP©

U0000343

GOBOOKS
& SITAK
GROUP©

三日月書版

三日月書版

蒼龍怒

三日月書版
BL017

墨竹——著

目次

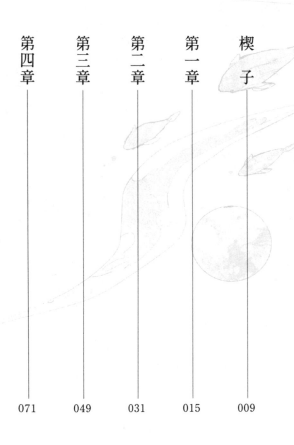

楔子

崑崙山。

崑崙之墟，其外絕以弱水之淵，又環以炎火之山。

群玉瑤臺，帝俊女西王母居所。

「七公子請上座。」董雙成朝貴客微微一笑。

「不過幾百年不見，雙成仙子妳越發美麗動人了。」一身天青的七公子溫文地笑著：「看見了妳，只覺得眼睛就像被昆侖山上的泉水徹底清洗過了一樣。」

「沒想到我還有這種效用。」董雙成掩嘴一笑：「七公子真是越來越會哄人了。」

「我說的可都是實話啊！」七公子也跟著笑：「不信妳問問法嬰仙子，看我有沒有說謊？」

「七公子請不要總是把玩笑開到我們姐妹頭上。」端著茶水走進來的安法嬰向來不愛說笑，一臉生疏有禮地說道：「要是王母責怪下來，說我們不知尊卑，我們可擔當不起。」

七公子也不生氣，好脾氣地笑了。

董雙成趁安法嬰轉身的時候吐了吐舌頭。

安法嬰轉身把茶端上桌子，彎腰行禮的時候正對上了一隻眼睛，那深邃美麗的綠色，讓她為之一愣。

說是一隻，是因為這雙眼睛的主人只露出了半張臉，層層疊疊的黑紗遮住了他泰半的面目。但單就這露出的半張臉，也足以看出這人長得俊美無雙。

要說安法嬰見過的出眾人物真是不少，天界的寒華上仙冷漠英俊卻沒有半分生氣，西方的優缽羅尊者完美無瑕卻縹緲不實，眼前的七公子風姿卓然卻難以捉摸……

這個人卻和他們都不同。

他是跟著七公子走進來的，就坐在七公子身邊，在七公子的光芒掩蓋之下，實在很難注意到這個一身灰暗、又半個字不說的人。可看見了，才發現他竟半點也不輸給光彩照人的七公子。

神祕美麗的眼眸，臉上帶著一絲像是沉澱了許久的疲倦，而在這種孤獨平和之下，矛盾地透露出一種張揚的凌厲。

安法嬰敢說，如果他不刻意收斂身上的張揚氣息，分明就是一個慣於高高在上的人物。

「法嬰！」董雙成在身後推了推她。

「請慢用。」安法嬰回過神，就要拉著董雙成離開。

「請留步！」七公子出聲留人：「我有些事想請教仙子。」

「七公子言重了。」董雙成莞爾一笑：「有什麼事，您儘管問就是了。」

「我剛才進來的時候，發現山外有很多奇怪的妖魔試圖闖進昆侖，不知道是出了什麼事？」

「那個啊！」董雙成和安法嬰對看了一眼，露出無奈的表情：「七公子您不知道嗎？最近也不知道從哪裡傳出謠言，說我昆侖有異寶現世，於是有些修為的妖魔鬼怪都想來碰碰運氣，我們也很是煩惱呢！」

「異寶？真有異寶一說嗎？」七公子眼睛一亮：「到底是什麼異寶？」

「我們也不知道啊！」董雙成嘆了口氣：「還不是因為最近山頂每晚祥雲集聚，瑞光沖天。結果，傳來傳去就成了什麼寶物現世的徵兆。」

「山頂？那不是昆侖禁地？」七公子的眼睛更亮了：「難道是有絳草長

成？」

「絳草長成哪有那麼誇張，再說，絳草早就……」

「雙成！」安法嬰打斷了她。

「不說這些，反正就要解決了。」董雙成自知失言，連忙轉開話題：「我們還是幫您去瞧瞧王母回來了沒有。」

「就要解決了是什麼意思？」七公子挑了挑眉：「王母又是去了哪裡？」

「王母是去陪寒華上仙解決這件事，所以我說就要解決了嘛！」

「寒華？」七公子突然站了起來，嚇了董雙成一跳：「哪個寒華？」

「七公子您說什麼呢！」聽見他問這麼好笑的問題，連安法嬰也笑了：「寒華上仙還有幾個的嗎？」

「竟讓他搶先一步！」七公子跺了跺腳，大失常態地連招呼也不打一聲就奪門而出。

連問話也不及就看不見他的蹤影，被留下的董雙成和安法嬰面面相覷。

安法嬰轉頭看了看跟著七公子一起來的那人。他安安穩穩坐著，一手拿著茶杯，慢慢地喝著茶，長長的睫毛蓋住了暗色的眼珠，唇邊帶著若有似無的笑意。

直到喝完一杯茶，那人施施然地站了起來，往門外走去。

安法嬰和董雙成這才發現對方為什麼只用一隻手端茶。左面的袖子飄飄蕩蕩，裡面很明顯空無一物。

這個俊美不凡的男人竟然只有一隻手臂。

還在愕然，聽見他慢條斯理地問：「上山頂怎麼走？」

1

崑崙之巔是禁地。

崑崙山的禁地之所以名聞遐邇，就是因為這裡是絳草的產地。

絳草，三千年生長，汲取日月之精華。凡人要是吃了，能起死回生，長生不老。要是修行者服下，立刻就能得三千年的修為。

但崑崙山上仙家無數，想破除重重防衛得到絳草，比修行三千年要困難得太多太多。

傳說中，只有一次意外。

三百多年前，曾經有人闖上昆侖，殺傷所有守衛，甚至把劍架到了西王母的脖子上，明目張膽地拿走了一株絳草。這件事知者甚少，可昆侖之名幾乎因此淪落成了笑柄……

想到這裡，西王母看了身邊的人一眼，又摸了摸自己的脖子。

「怎麼回事？妳確定沒有人動過？」

正好那人轉頭來問話，她急忙放下了手。

「我敢保證，的確沒人來過。」自從你上次用劍架著我進來以後就沒有了！

「怎麼會這樣？」說話的人一身潔白如雪，容貌深刻冷峻，要是站著不動，就像是寒冰雕琢而出的人形一般。

「其實最近兩百年來，這地方就變得很可怕，連我都不怎麼敢進來這裡。」

西王母邊說，邊退了兩步：「總覺得靠近就要被法力扯碎了一樣。」

「好了，妳回去吧。」那人手一揮，讓她離開。

「上仙自便，婉妗告退！」西王母行了個禮，片刻不停地走了出去。

那人一振袖，飛上了洞中的一塊巨石，往裡看去。

排列成奇異陣式的石群中央，金色的光幕圍成屏障，裡面有一根連接地面與洞頂的石柱。

石柱的顏色奇異瑰麗，竟宛如一塊碩大的琉璃，不但表面七彩奪目，內裡還隱約透出一抹暗金色的光亮。

這股氣息似曾相識……可他的魂魄不是在下界轉生嗎？到現在不過三百多年，怎麼會？

寒華不再多想，一揚衣袖，往陣中飛去。足尖一點，落在了靠近陣心的一塊石頭上。

……寒華，我可以耗費修為，為你用龍血催生絳草，但你要為我去辦一件事。

昔日我拚死逃脫，在昆侖沉睡萬年試圖療傷，但我的身體損傷太重，如今還未復原。雖然我手裡有一樣治傷寶物，但是使用這件寶物，就算再怎麼小心，對我魂魄的傷害還是無法估算。

所以，大約十年之前，我把魂魄投往下界，希望爭得時間治療軀體，最多一千年，我便能恢復昔日的力量。

未料那個凡體肉胎，無力承載我的魂魄，正如你所見，魂魄正附回我的身體。再這樣下去，我遲早形神俱滅。

我要你幫我把這塊續魂石交給我的肉身。此石能固守神魂，助我的魂魄在俗世中轉生。直到我軀體完備，便可招回魂魄，恢復昔日法力……

一千年之期遠未屆滿，魂魄居然已經復歸體內，怪不得會靈氣外洩，引來眾方窺視。

已經藏匿了萬年，現在怎麼會……

「太淵？」寒華突然斂起眉頭。

「太淵見過叔父。」隨著話音，青衣玉扇的太淵現身在右手邊的巨石上。

寒華沒有答話，只是一臉冷漠地看著太淵。

「叔父何須如此絕情？」太淵嘆了口氣：「我知道三百年前那件事後……」

「住口！」寒華冷冷說道：「你還敢提這些，是不是想要提醒我和你算一算舊帳？」

「當然不是了。」太淵把目光放到了流光溢彩的石柱之上：「只是我原以為是絳草出世，沒有料想到這昆侖山上，居然藏有誅神法器。不知是哪一樣法器藏在了這裡？」

「誅神法器是你鍛造而成，連你都分辨不出，我又怎麼知道？」

「是嗎？我還以為叔父三百年前為那人求取絳草之時，曾經見過那法器原形才對。」太淵試探著問：「不知是何種模樣？」

「你覺得是我列了這陣？」寒華淡淡地問。

「絳草生在這護陣之中，除此之外還有什麼可能？」太淵疑惑地說：「我倒不知道原來叔父對於列陣之法也頗有研究，這護陣著實精妙。」

「也不是沒有其他可能。」另一邊，閃出了一個暗色的身影：「要是寒華大人和列陣之人訂有盟約，又或者列陣之人主動讓寒華大人入陣也是可以。」

「北鎮師青鱗？」寒華一眼掃過，認出了這個半掩面目的男人：「我聽說你兩百年前死於手下的叛亂。」

「我也聽說你三百年前為了一個凡人神魂顛倒。」青鱗毫不相讓地和他對視：「可我看你現在還不是和以前一樣死氣沉沉？」

寒華目光一冷，霎時連四周的溫度也降了不少。青鱗扯動嘴角，一臉不以為然。

「既然這陣不是叔父列下的，那就好說了。」太淵轉向青鱗：「不知有沒有辦法解開護陣呢？」

「沒有。」青鱗乾乾脆脆地答了。

「為什麼？」太淵一愣。

「這陣式列得近乎無懈可擊，要想闖入，除非硬破。」

「說是近乎，那就不是沒有破綻吧！」

「所有的陣式都有破綻，只是明顯和隱祕的區別而已。」青鱗環顧四周：「列陣之人利用天地靈氣彙聚之地列陣，完全遮掩了陣式的弱點。就算有能力硬破此陣，也難保不會把陣裡的事物一同毀壞。你如果是要陣裡的法器，不就是等於無法解陣了？」

「除了你，世上還有如此精通陣法的人物？」太淵有些不信。

「天地廣闊，什麼樣的人物沒有？」青鱗的嘴角帶上了一絲嘲諷。

正說話間，一道劇烈的金芒從石柱迸發開來，穿透光幕，直射而來。寒華首當其衝，長袖一揮，硬生生把光芒彈開，同時也被逼退了一步。太淵原地一轉，手中摺扇一張，光芒就像是被他牽引著閃繞開去，難以近身。只有青鱗，他本想結印化解，沒想到光芒到了他的面前，非但沒有消散，反而聚成了一束，直往他結印的掌心刺來。

青鱗心裡吃了一驚，知道這是陣靈發動，被擊中了後果難測，本能地想要收掌閃避。

可陣靈就像能看透他心裡的想法，不多不少地偏過了三分，迎著他躲閃的方向，不偏不倚地鑽進了他的掌心。

青鱗大駭，連忙翻掌看去。包裹著手掌的黑紗被光芒擊得粉碎，皮肉卻完好無損，只是在掌心的刻痕上，不時游移著絲絲光芒。

耳邊傳來太淵的低聲驚呼，青鱗急忙抬頭看去。

金色光幕不知何時消失得無影無蹤，原本矇矓的瑰麗石柱清晰地呈現在了眾人的面前。

護陣解除！

一白一青一綠，三道身影化作三道急速的光芒，幾乎是不分先後地衝向了陣式中心。

三人雖然同時衝向陣心，舉動卻是截然不同。青鱗手中玉劍半途就飛擲而出，竟是朝著石柱的方向，完全是要毀了陣中事物的模樣。寒華長袖一捲，想要捲住玉劍，卻也只能讓玉劍偏了些許準頭。

隨著斷金切玉似的聲響，青鱗的玉劍刺進了石柱，直至沒柄。太淵見狀，臉上浮起微笑，長劍一揮，切在另兩人前行的空處，硬把他們迫得停了一停，足尖一點，第一個到達了石柱面前。

這時，石柱沿著玉劍的切口開始裂開，金色的光芒從縫隙中間狂湧而出。太淵被光芒刺得眼睛生痛，用衣袖擋了一擋。

就是這一擋的時間，讓他沒來得及搶先劈開石柱，身後的寒華和青鱗也已到了。

青鱗飛到了太淵上方，袖中滑出另一把玉劍，順勢往太淵砍下。太淵連忙反手一架，手中的長劍和青鱗的玉劍架在了一起。

劍身交接，一股氣流散發，四周的巨石紛紛遭到波及，搖晃不休。兩人俱是咬牙切齒，兩把劍上散發出的寒光籠罩了整座山頭。

光芒斂去之後，劍身發出刺耳的磨擦聲，太淵手腕奮力一抬，把青鱗反震開去。

青鱗借力凌空一翻，穩穩地落地以後踉蹌退了兩步，背靠上了石柱才停了下來，一縷鮮血從他的唇邊流淌了出來。

他舉起手上玉劍，毫不意外地看見劍身已經近乎斷裂。他甩手扔了，揚起笑容看著對面也沒討著什麼便宜的太淵。

太淵把腳從深陷的地裡拔了出來，用指腹抹去嘴邊的鮮血。

寒華負手站在一邊，冰冷的臉上沒有什麼表情。

「青鱗，沒想到你不是要毀法器，而是要傷我。」太淵瀟灑一笑：「你這招用得真是恰到好處，連我也著了道。」

「好說。」青鱗看了一旁的寒華一眼：「只可惜站在旁邊的是他，要是換了別人，你現在已經不會說話了。」

「叔父怎麼會理會我們這些小輩的胡鬧？」

太淵用劍拄著地面，雖然面帶微笑，看起來傷得不像表面看來這麼輕微。

「不過，叔父想必不會讓我拿走這東西了……青鱗，你果然心思縝密。」

「多謝誇獎。」青鱗冷冷一笑。

「你們兩個聰明人，就是這種聰明法？」一旁的寒華開了口：「連這是什麼都不知道，就開始你爭我奪？恐怕，是要後悔的。」

兩人聞言都是一愣。然後，青鱗突然發現對面的太淵連退了幾步，臉色開始變了。

混雜著驚駭的表情，並不是常常能從太淵臉上看到。青鱗直覺想要回頭去看，卻怕是太淵的詭計，硬生生地忍住了。

直到一雙冰冷的手掌從身後環住他的頸項，滑進他的衣襟，他渾身一僵，才知道自己的背後還有第四個人。

「是你啊。」烏黑的髮絲從他的肩上滑落了下來，一個帶著幾分飄忽的聲音在耳邊響起：「你終於來了……還給我！」

那最後幾個字帶著一絲淒厲，一股劇烈的疼痛從胸口同時傳進了意識，把青鱗從一種恍惚的境地裡驚醒了過來。

他用力掙脫了禁錮他的手臂，顧不上理會被那隻手摳出血洞的胸口，反手一揮，整個人乘勢往前竄去。

「皇兄……」

乍聽見太淵嘴裡喃喃念著的是這兩個字，青鱗前進的身形一頓，停在了原地。

「你現在就醒了？我以為還有七百年才到時間。」一直作壁上觀的寒華，緩緩地說道。

「還不是要多謝我可愛機敏的七弟。」那個有些沙啞的聲音回答了寒華：「你說是不是啊，太淵？」

青鱗和太淵面對面地站著，太淵一閃而逝的慌張沒有逃過他的眼睛，同時，他在太淵琥珀色的眼睛裡，隱約地看見了背後的景象。

他還是沒有回頭，卻感覺到了身後的目光落在了自己身上。

「北鎮師青鱗⋯⋯」

那個聲音輕柔地喊著他的名字。

青鱗終於轉過了身。

原本七彩斑斕的石柱變成了近乎虛幻的金色光柱，有一個人形從光芒中漸漸顯現出來，在眾人的注視下離開了光柱，輕輕踏上地面。

那人一頭長到不可思議的烏黑頭髮輕柔地落到了地上，身上銀鱗織成的戰甲在行動間發出一種奇異的清脆聲音。

青鱗先前刺入石柱的玉劍，就刺在他右臂沒有被戰甲遮蓋的地方，鮮紅的血液正在銀白色的鱗甲間蜿蜒流轉。

那人側頭看了看，用左手握住劍柄，一分一分地將玉劍拔了出來，丟到地上。

玉劍離開身體的刹那，鮮血噴濺了出來，他像是絲毫感覺不到疼痛，也不包紮治療。

滑落到眼前的頭髮被還沾著青鱗鮮血的指尖撥到了腦後，露出了一張高貴傲然的臉。那張臉上的神情孤傲至極，像是世間沒有東西值得平視。

「怎麼，不認識我了？」那人連說話的聲音也帶著一種冷嘲：「也對！當年你是瞎的，當然不能說認識我。」

「雲蒼。」青鱗猛地踏前了一步。

這個時候，什麼太淵、什麼法器，所有的一切都已經不在他的眼裡。他墨綠色的眼裡只有這個人……

這人抿嘴一笑，這個原本應該讓輪廓顯得柔和的動作，在他做來居然銳利刺人。

「不對，奇練，要叫奇練才對。」青鱗喃喃地說道，邊朝他走去。

「別過去！」太淵突然上前兩步，橫劍在青鱗面前，阻止他朝那人走去。

清冷的寒光反射到了青鱗的眼裡，他一個激靈，朝太淵看去。

「你最好信我。」太淵笑得牽強，眼中的警告意味更是濃重：「如果你還不想死，就別靠近他。」

「他還活著。」青鱗揚起了眉毛，質問太淵：「難道你早就知道他還活著？」

「不，我不知道。」太淵收起笑臉，臉色一樣陰沉下來：「要是我早知道他肉身未滅，哪裡還能讓他躲到今天？」

「讓開！」青鱗臉上殺機閃現：「我現在不想和你動手。」

「青鱗，別做蠢事。」太淵的臉色越發難看起來。

「他不是奇練。」冰雪一樣的聲音插進了僵持的局面。

青鱗轉頭去看說話的寒華，太淵臉上同時閃過憤恨。

「你說什麼？」青鱗皺起眉頭，心裡一片慌亂。

寒華沒有直接回答，倒是轉向那人問道：「我都不知道，你什麼時候變成奇練了？」

「我當然不是奇練，我怎麼會是那個沒用的傢伙？」這個高貴美麗、穿著一身銀色戰甲的男人微仰著頭，用輕蔑又傲慢的神情說著：「北鎮師青鱗，你可看清楚了，我是共工六子，蒼王孤虹。」

2

青鱗閉上眼睛，只覺得腦海中轟然作響。

只有一個聲音在他腦海裡不住盤旋……

孤虹……孤虹……

「孤虹？」

「水族像是有個叫孤虹的……你知不知道？」

「啊！那是共工的第六個兒子吧！」

「共工的兒子？」

「是啊，大人！共工有六個兒子，其中只有老大奇練和這個最小的孤虹是純血龍子，所以最得共工偏愛。」

「他……是什麼樣子的？」

「這我倒不太清楚了，只是共工族人仗著人多勢眾，霸占七海，素來傲慢無禮，這孤虹既是共工之子，想來也好不到哪去。」

「休得胡說！」

「是……大人，你不是向來討厭水族，又怎麼會問起……」

「派人回覆共工，就說我願意歸降水族。」

「什麼？大人，這萬萬不可！我們青鱗一族血脈高貴，乃是虛無之神的直系子民，斷斷沒有歸附共工的道理！」

「我們青鱗一族不善繁衍，又被火族四處剿殺，眼看就要全族覆滅，歸附共工是唯一可行的方法。」

「可是大人之前不是還堅持，哪怕全族覆滅，也不屈膝水族嗎？」

「我想通了，既然我們鬥不過火族，不如暫時避過鋒芒，總要留得性命才能復仇。也只有共工有這個能力庇護我們，就算屈膝，也好過變作火族嘴中的美餐。」

「沒想到這次遇險，竟讓大人的想法有如此之大的改變。老臣斗膽問上一句……不知大人在東海遇上了什麼事情，和這問到的孤虹……」

「多嘴！我已決定，不許任何人質疑！」

「是……」

「從今日起，我九鰭青鱗一族，歸附共工……」

那是什麼時候的事了？

對了！很多年以前，自己被赤皇一路追殺，又刺傷了雙目，誤入東海的千水之城。

那個擋住赤皇的孩子，就叫做孤虹。

那時他一句話也沒說，拚著被赤皇打傷，硬是救了毫不相識，甚至不是人身的自己。為此，自己甘願放棄古青鱗族堅守了萬年的驕傲，成了共工手下一個小小的「北鎮師」。

可是……

不是這樣的！自己所知道的那個孤虹，根本就不是這個樣子的！

「你好啊，太淵！」耳邊傳來熟悉的聲音，帶著倦怠和高傲，那聽來完全就是傅雲蒼的聲音：「懂得趕盡殺絕，你比我們都要聰明許多。」

「其實說到這個，我最早可是向六皇兄你學來的。」太淵咳了一聲：「六皇兄當年不是時常親身教導我，目光必須長遠，可能成為威脅的，一定要盡早除去嗎？」

「不錯，你做得很好！」孤虹出乎意料地用讚賞的語氣說道：「說到深謀遠慮，我自認遠及不上你。你只是半龍，所以我一直看不起你，可是我現在不得不佩服你能做到這種程度。縱觀世上，心計能與你匹敵者，再無一人。」

「沒想到第一次得到六皇兄的肯定，竟然是在這樣的情況之下。」太淵一臉苦笑：「都怪我低估了你，沒想到你在重傷之下還能殺了大皇兄然後離開。其實我也知道，以大皇兄和六皇兄你積怨之深，要有機會，第一個容不下對方的。」

「實情如何，你我心裡自然有數，你會真不知道我有餘力反擊？你至多只是沒有料想到我最後殺的會是奇練，而不是北鎮師罷了。」孤虹勾起嘴角：「太淵，你也用不著套我的話來挑撥。我雖然不需向你解釋，不過既然寒華在場，那麼我說說也是無妨。

「不錯，我殺了奇練，只是因為我們雖然討厭對方，但我知道他救不活了，更不會高興自己臨死也被你利用。若是互換，他傷勢較輕，第一個也會動手殺我。」

「蒼王果然還是蒼王。」太淵這時的苦笑倒是真的：「我只想著當日你一定是用了什麼禁咒裝裝樣子，絕對會留下後手想法子救治他，畢竟他對你⋯⋯沒想到你真的把他一劍刺死了。」

「你就是太聰明了，有時候想得太多未必是件好事。」

「皇兄所言不無道理。」太淵看了看身邊閉目而站的青鱗：「青鱗，你別怪我當天做了一點手腳。要知道，你若是真的化龍，對我來說，絕不是什麼好事情，我只是不想自己有朝一日死在你的手上罷了。」

「太淵，我聽得不是十分明白。」青鱗睜開眼睛，平和地開了口：「麻煩你解釋一下可好？」

「你需要怎樣的解釋？」太淵嘆息：「就像你聽到的那樣，他的確不是白王奇練，而是我的第六皇兄，蒼王孤虹。」

「不！不可能！這不可能！」青鱗一手揪住了太淵的前襟：「那個人呢？那個人又是誰？」

「你是問被無妄火焚燬的那具身體？」太淵微微一笑：「那當然是我的大

皇兄，白王奇練。」

「什麼……什麼……太淵，你居然……你居然……」青鱗的手開始發抖。

「其實也不能怪我，明明是你一直把我兩位皇兄混淆不清。」太淵嘆了口氣：「我也不知道你怎麼想的，雖然那時你一直看不見東西，可我兩位皇兄截然不同，不但容貌，個性更是差了十萬八千里。

「我六皇兄明明為人驕傲，性子不是很好，你卻一廂情願地認定他為人和善。而我大皇兄一直以來待人有禮，從不說刻薄傷人的話，你又對我說他為人惡毒可恨，我有一陣子都差點被你搞糊塗了。」

「你一直在誤導我……」

「我一開始大惑不解，後來慢慢就想通了。你之前一定受過我六皇兄的恩惠……雖然這可能性不大……但是偏巧你看不見，或者其他什麼緣故，你把『孤虹』當作了『和善的孤虹』。然後，你遇到了這個真正的、不怎麼和善的孤虹，又偏偏那麼碰巧，陰錯陽差之下，你把他當成了『可恨的奇練』。」

太淵有條有理地分析給他聽：「這也只能怪你城府太深，把什麼都放在心裡，又自視甚高，不屑和其他水族來往。既然沒人知道你對我兩位皇兄的看法，又怎麼會提醒你這一切完全是一場天大的誤會呢？」

「不論怎樣，你明明就知道我要的是誰！而你卻……卻把另一個給了我！」青鱗眼中幾乎噴出了火來：「太淵，我果然比不上你，就算再怎麼小心，卻還是被你玩弄於股掌之中！」

「你誤會了，青鱗。我一開始也想按照約定，把我六皇兄交給你的，可是你也看到他有多麼難纏了。後來我想，你既然是要那個『溫和體貼的孤虹』，指的就是我的大皇兄吧！如此一來，大家都能得償所望，不是很好？」

「好什麼？好什麼！」青鱗近乎歇斯底里地質問著他：「你當年居然對我做出那樣的事來！」

「什麼事？」太淵看起來不是那麼好心地問：「你指的可是那件事嗎？」

「我問你，我當時吃下的……那是……那是……」青鱗連聲音都開始發顫。

「那是我的。」

青鱗鬆開了緊抓著太淵前襟的手，轉過身，一雙墨綠色的眼睛裡充滿了難以說清的東西。

「北鎮師青鱗。」穿著銀白戰甲的蒼王孤虹一手按住了自己的前胸：「你一萬年前吃下的半顆龍心，那是我的。」

「不！不會！絕對不是！」青鱗連退了幾步，一副受到了驚嚇的模樣。

「不是嗎？」孤虹往前踏了一步，冷笑著問：「要不是你吃了我的心，你又怎麼能看得見！要不是你吃了我的心，我又怎麼會落到這步田地！北鎮師，你還記不記得，當年我對你說過什麼？」

北鎮師！今日你挖去了我一半的心臟，他日我要你用整顆心來償還給我！

已經過去了一萬三千年……當年，在千水之城裡交織著陰謀與欲望的那場戰爭，改變了一切。

青鱗看著自己的手，彷彿還能回憶起，曾經有半顆帶著餘溫的心臟躺在那裡的感覺。

九鰭青鱗，若食神龍之心，食之……化龍……

青鱗一族雖是古老遺族，但是沒有能力抵抗天地間日益強大的神族，所以終有一日會走向滅亡。唯有得到和神龍並駕齊驅的力量，所有的一切才能掌握在自己的手中。

生為青鱗或許不可選擇，但自己的命運，當由自己決定。只要食下龍心，就可以……

可是這食下的龍心，讓自己得見光明的龍心，讓自己的力量足以和太淵抗衡的龍心……竟是他的嗎？

「雲蒼……」青鱗的手緊握成拳，收到了胸口，感覺到心臟一陣一陣地刺痛著：「怪不得，兩百年前你會說……你早就知道了，是不是？」

如果上天覺得還不夠，那麼命運還是命運，你虧欠我的，準備好一併歸還吧。

兩百年前，傅雲蒼離開之前，說了這樣的話。那就是說，在兩百年前，他就知道了自己和他還有這一層糾葛。

對面的孤虹聽見他這麼說，神情有一瞬的怔忡。

兩百年前？那不是……

孤虹猛一甩頭，長長的黑髮在身後金色光柱的輝映下泛起眩目的光暈：「我不管什麼兩百年前不兩百年前，總之，北鎮師青鱗，你如果夠聰明，就自己把心奉上，要是讓我動手，恐怕你留不下全屍。」

「請等一下，六皇兄。」搶在青鱗前面說話的是太淵，他一臉狐疑地看著孤虹問：「六皇兄，你不認得他了？」

「北鎮師？我怎麼會不記得，化成灰我也認得他。」孤虹眉毛一挑，帶著嗜血的狠厲：「太淵，你急什麼？我是不會忘了你的，下一個就輪到你了。」

「我是說，皇兄你……最後只是在千水之城被破那日見過他？」

「我一直覺得他很討厭，沒想到他居然有膽和你勾結，解開了北方界陣，讓火族大軍直殺到千水之城，以致我們措手不及，全族覆滅。」

孤虹的目光掃過青鱗愕然的神情，緩緩說道：「也許你有你自己的理由，太淵又太擅長利用他人的弱點，這都是他的陰謀。可是，你吃了我的半心，不論其他，只這一點，你就罪無可赦！」

「果然忘了！」太淵看著愣住的青鱗，搖了搖頭：「青鱗，他都忘了，你說這是好事還是壞事？」

青鱗單手捂住了自己的額頭，腦海裡一片混亂。

孤虹想了想，足尖一點，輕盈地落到了青鱗面前：「青鱗，看你的樣子，好像真的有什麼隱情。我不想聽這個老是胡說八道的太淵告訴我，不如你來說說，到底是怎麼一回事可好？」

青鱗愣然地放下了手，看著眼前這個像是散發著光芒般不可直視的人。

孤虹的右手撥開了他臉上覆著的黑紗，動作是那麼輕柔，臉上還帶著微笑，宛如正面對著自己最心愛的情人。

「你傷得很重。」孤虹輕蹙起了形狀優美的眉尖：「是誰能把你傷成這個樣子？」

溫熱的指尖流連在青鱗被火焚燬的半邊容貌上，嘴裡發出了嘆息的聲音。

似乎是知覺麻木的關係，青鱗隔了好一會才猛地驚醒了過來，退了一步，用手捂住了那半邊面容，心裡盤旋著一種說不出的滋味。

孤虹臉上的微笑突然間消失，垂放在身邊的左手先是一招攻向太淵，逼得他往後閃避，轉眼又如閃電般刺向了青鱗。

青鱗反射性地用手去擋，可電光石火的剎那，他看見了孤虹臉上怨恨的神情，心裡一顫，不知不覺停下了阻擋的動作。

罷了罷了！我欠了這個人的實在太多，若是一併還了，也好……

想到這裡，青鱗放下手，任由自己暴露在孤虹的攻擊之下。

孤虹依舊帶著鮮血的指尖碰到了青鱗胸前，探進了血肉之軀，幾乎能夠感覺到心臟的跳動了，偏偏卻是再也刺不進去一寸！

孤虹訝然抬眉，對上了青鱗一瞬也沒有移動的目光。

他有一雙墨綠色的眼睛，深邃美麗……這種目光……為什麼要用這種目光？就像是……就像是……

左手掌心突然一陣劇痛，孤虹右掌揚起，把青鱗震飛了出去。

青鱗撞在一旁的巨石之上，發出一聲悶哼，緩緩地滑坐到了地上。

孤虹在收掌時一眼掃過自己的左手手心，臉上未動聲色，可嘴角還是不易察覺地微微一動。他的目光移到了青鱗身上，正巧看到他右手打開，滑落到了身側。

那鮮血之中熟悉的圖案，孤虹禁不住心中一跳，急忙就要過去看個究竟。

「且慢！」太淵突然一劍斬來，逼得孤虹退了一退：「六皇兄，你知道最近這三百年來發生了什麼事情嗎？」

「你是用這種態度和我說話的嗎？或者你是在提醒我，要和你先來清算清算？」

孤虹向前走了一步，戰甲上的護鱗發出動聽的聲響，太淵心裡卻是一寒。

「太淵，我真是好奇，你在這一萬年裡難道都不會作噩夢？我記得你自幼和奇練親近，竟也忍心害死了他，他可曾到你的夢裡，問你討個說法？」

「六皇兄，大皇兄是你殺的。」太淵瞇起眼睛，抓緊了劍柄。

「我知道你怨恨父皇，也怨恨我，其他人就更不在話下了。我不說別人，只說兩個人。一是奇練那傢伙，不說他和你親近，單說後來要不是他冒死為你求情，父皇又怎麼會饒過你的死罪？」

孤虹笑了一笑，竟是和太淵平時刻意為之的狡猾有幾分相似：「至於第二個，你可還記得火族的赤皇熾翼？」

聽到這個名字，太淵的臉色自然而然就變了。

「記得的，對不對？」孤虹臉色一冷：「我覺得這人著實討厭至極，他向來自以為了不起，喜歡為人製造麻煩，做事從沒有章法可循。可是他對你倒是好得出奇，要不是他救了你，你早就化成了灰。」

「在戰場上……要不是皇兄你助了我『一臂之力』，又怎麼有機會讓他救我？」太淵語氣輕鬆，但臉色非常難看。

「不，我說的不是那次。」孤虹又踏前一步，笑著說：「你不知道吧？那一次你被綁在不周山上受萬雷之刑，救你的那位，並不是可愛的紅綃公主啊！」

「你說什麼？」

「就是在說你聽到的事情。當年，那個冒著危險從不周山頂把你救回來的，是赤皇熾翼。」

孤虹揚起眉毛：「我清楚地記得，他為了護住你，被天雷擊傷，折損了萬年的修行。他明知道父皇最恨人和他頂嘴，卻還硬是要求父皇放過『沒有做錯的太淵』，後來被父皇打了一掌，吐得滿地是血，差點命都搭上，這才保住了你的小命。

「可你怎麼回報他的？就算猜也猜得到，火族後來也滅在你手裡了吧！你說，如果他知道你後來會那麼對他，會不會後悔拚了命救你這不知感恩的傢伙呢？」

「你胡說！」太淵的聲調有些高亢起來。

「我會胡說，總有不會胡說的人吧！」孤虹手一伸，指向寒華：「你問寒華，看我說的是不是實情。」

太淵掉頭去看寒華。

「的確如他所說。」寒華微微頷首：「赤皇為了救你，曾經折損了幾乎近半的修為，所以後來我才能輕易把他引進誅神陣裡。說他最終是為你而死，也是應該。」

「你……」太淵直覺就想反駁，但心裡清楚，孤虹或許為了目的會玩些手段，但寒華不同，他絕對不屑說謊，嘴邊這胡說兩個字也就說不出口了。

眼睛一眨，已經是千百種心思繞過他的心間。

太淵畢竟不是青鱗，就算乍聞這件讓他心緒混亂的事情，也總留了幾分心思分析眼前的局面。

他一剎那後就做出了決定。

他出劍！
劍尖直取孤虹。

3

「哼！」孤虹手腕一轉，手中出現了一把通體銀白的長劍，迎著太淵的來勢橫架過去。

噹的一聲，兩道身影錯身而過，兩道寒光也是一遇即分。

「太淵，這麼著急做什麼？」孤虹收劍回立，臉上帶著鄙夷的冷笑：「還是你以為你當年差點成功，現在也能隨手殺了我？」

「不敢。」太淵輕拂自己手中雪亮的長劍：「其實我一直認為，若是由六皇兄執掌水族，這世間現下就會是另一種局面了。

「比起父皇的剛愎自用，大皇兄的心慈手軟，六皇兄雖然高傲自滿了些，但懂得順應情勢，也聽得進他人勸諫，更適合當一個帝王。所以，你是擋在我面前的第一個障礙。」

「聽起來，不像是在懺悔。」孤虹揚起嘴角：「可這樣才像是你該說的話，老是裝成唯唯諾諾的濫好人，你都不覺得難受嗎？」

「在水族之中，只有六皇兄你懂得我的心意。」太淵長劍平胸舉起：「所以，我絕不怪你三番兩次要除去我，換了是我，興許手段還要徹底些的。」

「不是我手下留情，只能說你運氣實在不錯，或者說，你比我所能想像的要厲害上太多，畢竟這世上最難的就是這『忍』字。」孤虹也舉起了手中的劍：「父皇奪你心中所愛，害死你的母親，換了別人就算不以死相拚，恐怕也會奮而抗爭。

「也難為你能隱忍多年不發，慢慢設下陷阱，離間他身邊每一個人。他到最後死在你的手上，真的是一點也不冤枉。」

「他那樣的人，哪裡配做我的父親！」太淵面帶不屑地說道：「就是因為我心中恨他入骨，所以才要慢慢地讓他眾叛親離，讓他自食惡果。我要他連死了也不明不白、糊裡糊塗。至於那些侮辱了我的、嘲笑了我的、輕視了我的，更是不在話下。」

「這麼多年以來，我第一次聽見你說真心話。」孤虹笑了一聲：「太淵，我突然有點欣賞你了。你也許虛偽狡詐、心狠手辣，可你真正出色的就是這種永不放棄的執著和堅忍。」

「六皇兄。」太淵朝他行了個禮：「你的君王之心，也向來令我敬重，可是……」

孤虹雙眉突然一抬，一劍刺了過去。甚至連一旁始終沒有參與這場混亂的寒華也急速飛來，衣袖捲起漫天寒氣，朝太淵攻去。

「實在抱歉，你們對我來說，還是最大的阻礙。」太淵在身前劃起一道劍氣，阻擋了兩人的攻勢，足尖踏地，整個人閃電般朝後退去。

「寒華！」孤虹見狀，也不追趕過去，反倒朝寒華急喊。

話音剛落，太淵已經到了原先孤虹藏身的金色光柱之前，伸手往裡抓去。

寒華聞言腳下一頓，不解地看著出聲喊他的孤虹，不明白為什麼他神情這麼古怪。

比剛才劇烈百倍的光線順著太淵的動作，從光柱上一道道往外散發出來。

「收！」太淵咬破指尖，朝光芒中心灑出鮮血。

寒華不再猶豫，手裡多了一把晶瑩似冰的長劍，連人帶劍化為一道白影，直往太淵投去。

「別過去！」孤虹蹙起眉心，急忙喊道：「那是——」

話還沒有說完，太淵已經收回的手中發出一種奇特的光芒，將寒華籠罩其中。

寒華只覺得一陣暈眩從腦海深處襲來，不由得一晃身體，停在了原地。

他有些昏沉地抬起眼睛，眼前全是難以說清顏色的光芒，四周是紛亂複雜的影像。

只聽見有人在耳邊說了一句：「寒華，我說了，上窮碧落下黃泉……」

眼前閃過清雅高潔的身影……那是……

「無……」一口鮮血從寒華的嘴裡噴出，他整個人直挺挺往後倒去。

沒有料想到那東西會對寒華有這麼嚴重的影響，孤虹愣了一愣，但他還是乘著光芒被寒華吐出的鮮血逼退了一些時，順勢把身邊的巨石一塊塊攔腰斬斷，朝太淵扔擲過去。

巨石接二連三撞來，太淵只能側身閃躲，手一翻，光芒立刻隱去。

孤虹等的就是這一刻，他一把將躺在地上的寒華拎了起來，往後急退，邊退邊不停地砍斷身邊的石柱阻擋太淵。

「師父！」這個時候，從護陣入口的方向傳來陌生的喊聲。

孤虹轉過身子，看見一個眼睛睜得大大的男孩正瞪著他和手上拎著的寒華，像是想要衝過來搶人的樣子。

「龍氣？」孤虹雙眉一斂，想了一想，把手裡的寒華拋了過去：「接住！」男孩忙不迭地伸手要接，沒想到寒華的重量遠超出他的想像，一下子把他壓倒在了地上。

「蠢材！」孤虹不滿地瞪了這個不知哪裡蹦出來的傻瓜一眼：「還不快走！」

男孩哼哼哈哈地從地上爬了起來。要是換了平時，他絕對要揍這個看就知道絕不天真善良的傢伙一頓，可他明白現在情況緊急，居然連嘴也不回地背了人就跑。

看那男孩從懷裡拿出了一張金色的符紙燃化，兩人隨即消失無蹤，孤虹又是一愣。

神遁返，那種書寫的方式，不是……

情勢哪裡還容得他細想，看見太淵已經越過石堆追來，他將長劍反手揮出，分毫不差地刺進了洞中央金色的光柱。

柱子立刻失了光彩，迅速崩裂開來。一時，地動山搖，接著，整塊整塊的岩石從上方掉落下來，一下子把太淵壓在了下面。

趁著這個時候，孤虹飛掠到了一塊巨石旁。

「北鎮師，跟我走。」他用不容拒絕的語氣朝已然清醒過來的青鱗說道。

青鱗沒有回答，只是用無比複雜的神情凝望著他。

「你……」陣心壓制太淵的巨石開始鬆動，孤虹吁了口氣，盡量用和緩的語氣說：「太淵好像容不下你，你也不想落在太淵手裡吧？」

「孤虹……」青鱗低下頭，喃喃地念著他的名字：「你是孤虹……」

孤虹心中一動，表情跟著茫然起來。

「怎麼會是這樣？」青鱗的嘴裡細細碎碎地傳來自嘲的笑聲：「我竟被愚弄了這麼久，這麼久的時間……」

「青鱗，到底你和我有什麼糾葛？不對，等先離開這裡再說。」孤虹甩了甩頭，朝靠坐在地上的青鱗伸出手：「太淵取走了蝕心鏡，現在又正是蝕心鏡力量最強的時刻，我暫時勝不過他。如果你想要我死的話，不走也行。」

青鱗聞言果然渾身一震，像是突然從某個噩夢裡清醒了過來一樣。

「我們走！」他咳去喉中淤血，迅速抓住孤虹伸出的手，站了起來。

孤虹被他護著往外跑去，護著在雲中飛行了起來。

戰功顯赫、威震四海的蒼王孤虹，何時需要別人擋在身前，小心翼翼地呵護了？可他驚訝於自己並沒有太過排斥這種帶著冒犯的舉動，只是覺得相互交握的掌心裡湧來熾熱，然後慢慢湧上了眼眶。

性格冷僻詭譎的北鎮師，怎麼會用這種毫不防備的方式，和自己這麼接近？他難道不知道，自己隨時會取回被他費盡心機拿走的那半顆龍心？

剛才自己不過試探著說了一句，你要我死，不走也行……他立刻就……還有，最重要的！他的手上為什麼會有蒼龍印？

這一切該如何解釋？你又會怎麼向我解釋呢，青鱗……

青鱗醒來時，有好一段時間不知道自己為什麼會在這個地方。

他躺在一塊長滿了青苔的石頭上，眼睛裡所能看到的顏色都是綠。陽光透過那些深深淺淺的綠色和輕薄的霧靄，柔和地灑落在他的身上，偶爾還能聽見遠處傳來蟲鳥鳴叫。

這個時候，躺在這個地方，彷彿什麼都離得很遠很遠，讓他一時無法回想自己為什麼會在這裡醒來。

然後，他聞到了水的氣味。

就算他早已脫離原形，但天性裡親近水源的欲望還是難以泯滅。

一下子，從迷茫的狀態裡回到了現實，他猛然想起自己怎麼會在這個地方。

在天空中飛行太快，最後還是引發了傷勢……

雲蒼！

太急著翻身坐起，立刻扯動了胸前的傷口，青鱗吃痛地皺緊了眉頭。低頭一看，意外地發現自己胸前的傷口被好好地包紮了起來，而用來包紮的銀白色布料看來相當眼熟。

他微微一愣，然後一臉悵然若失地站了起來。

耳邊傳來輕微的水聲，他循著聲音慢慢走了過去。

銀白色盔甲凌亂地散落在綠色水潭旁，在陽光照射下，細密的鱗甲閃爍著美麗的七彩光華。

青鱗還沒弄明白這是什麼情況的時候，破水聲響起，長長的黑髮在空中甩出一片水珠，濺得他滿身滿臉。

長髮被細長的手指攬到頸側，在水面上宛如一片漂浮的黑紗，無數水珠從雪白修長卻絕不瘦弱的身體上滑落，無聲無息地落回了水中。慢慢地轉過身，水光蕩漾裡，顯然正在沐浴的孤虹站在及腰的水中，和岸上的青鱗對視。

「不許這樣看我。」孤虹微仰著頭，一字一字地說著。

青鱗慌亂地轉過了身，但就算閉上了眼睛，眼前依舊是身後的孤虹被水光映襯到令人屏息的模樣。

青鱗一族不善繁衍最終滅亡，是因為九鰭青鱗本就是欲望淺淡的種族。要列出沒有破綻的陣式，最最基本的，就是要學會把自身的欲望控制在最淺薄的狀態，以求得列陣者本身和陣式的融合。也正是因為這樣，青鱗一族才能把遠古傳承下來的各種陣式精妙處發揮得最為淋漓盡致。

可是淺薄並不代表沒有，雖然他一直以為自己沒有……

真是沒有的話，那些一瞬間充滿整個腦海的綺麗臆想，就不會讓自己的心這樣劇烈地跳動。

就算孤虹再美麗，也和自己同樣是男性，何況，就算稱不上肌肉糾結，至少那也是一個成熟男性的身體。

自己也曾經有過為數不少的女人，怎樣嫵媚妖嬈、善解風情的沒有？可是再怎麼挑引逗弄，最後總是覺得索然無味。

天知道……不過是看了一眼……

身後傳來水聲，讓青鱗一度想要遠遠離開，偏偏腳像是被釘了釘子，一步也挪不開，只想要和他離得近上幾步也好。

也不知過了多久，才傳來穿戴衣物的響動。

聽見背後孤虹低聲的咒罵，青鱗再一次轉過身來，當他看見大名鼎鼎的蒼王孤虹正和身上樣式繁複的外衣纏鬥成了一團，不由得愣住了。

「你看什麼！」孤虹惱怒地說道：「這該死的林子，連一點術法都不能使用。」

青鱗這才明白他為什麼要在水中沐浴，而不是使用法術把自己弄乾淨了。

孤虹恨恨地把那件討厭的外衣丟到地上，反手抓過自己礙事的頭髮，另一隻手拿起腰間裝飾的匕首。

意識到他要做什麼的青鱗一個箭步衝了過來，伸手一把握住了刀刃。

紅色的鮮血滴滴答答地落到了地上。

「你做什麼？」孤虹輕蹙起了眉頭。

「不要割斷，好嗎？」

「為什麼？」孤虹問他：「這很礙事。」

「我來幫你。」青鱗的目光滑過他長及地上的迤邐黑髮：「別割斷了，好嗎？」

孤虹看著他，慢慢地鬆開了匕首。

青鱗把匕首放回地上，撕下衣角胡亂纏繞了一下手上的傷口，拿起地上的外衣幫孤虹穿好，小心地把他的長髮從衣領裡拿了出來，幫他扣好釦子，甚至彎腰幫他套上了靴子。

用一隻手做這些事並不是十分方便，但青鱗的表情竟像是樂在其中。

「不過一萬年，竟讓你變了這麼多？」孤虹看著他，目光從驚訝變成了疑惑。

雖然昔日和北鎮師接觸不多，但多少知道這個人的性格。常聽說得罪他的，沒多少時日就會非死即傷。

自己向來討厭這種只知依仗他人勢力、不知進退的傢伙，又加上被赤皇以這人的所作所為藉故嘲笑，因此心裡著實怨恨。

那時一直不明白父皇為什麼看重這個陰沉沉的瞎子，直到後來……

雖然他好像素來喜怒無常、性格乖僻，可也沒聽說過他奇怪到喜歡幫人穿衣穿鞋的啊！

「也許吧，時間總會改變一些事情。」青鱗站了起來，看著面前英挺高傲的水族蒼王。「為什麼？是因為……你終於決定要把我忘了……」

「如果你是在說我忘了某些事。」孤虹有些疑惑地看著他沒有表情的臉：「我不否認，有很大的可能。」

「什麼叫……有很大的可能？」青鱗想了想，然後面露驚訝：「難道你是用蝕心鏡……」

「正如你所想的那樣。」孤虹打斷了他：「你也知道我的身體當年傷得很重，要是不想辦法恢復，又怎麼能是太淵或者你的對手？」

「可用逆時陣……那很危險，一不小心魂魄就會……」青鱗不無憂慮地說：「那實在太冒險了！」

「那我該怎麼辦？我是純血龍族，雖然不會因為失心而死，可少了半心，等於少了一半的法力。何況我不像奇練那樣擅長治療之術，要是不冒這個險，根本活不了太長的時間。」

孤虹冷哼了一聲：「那面蝕心鏡有侵蝕時間的效力，只要我能夠控制好它，就能藉此治療，將自己受傷的軀殼恢復到未受傷前的狀態。但蝕心鏡吞噬時間，對魂魄損傷最重，我才不得不把自己的魂魄投往下界黃泉，轉世成人。」

「原來是這樣，怪不得……」青鱗垂下了眼簾。

「既然你已經知道了想要知道的，那麼現在輪到我了。」孤虹坐到潭邊的石上：「我想，你應該有很多事要告訴我。」

「太多了。」青鱗苦笑了一下，這讓他被火焚傷的臉看來格外可怕：「一時之間，你讓我從何說起？」

「那就先說說，為什麼你的手上會有我的蒼龍印？」

「蒼龍印？」青鱗抬起右手，舒展開的手心上是深深的刻痕。

「那是我……不常使用的方式……」孤虹的目光裡閃過了一絲不解：「我不記得當年對你使用過，也就是說在我轉世為人的這三百年裡，你和我一定曾在某時某地相識，然後有了不一般的牽扯。」

「不錯，我們的確曾在某時某地相識，然後有了不一般的牽扯……」

「說啊，怎麼不說了？」孤虹見他只是沉默，不免有些不滿：「我知道你騙人的本事不下於太淵，不過，我勸你最好不要試圖騙我。」

「我不會騙你了。」青鱗抬起眼睛，和他對望著：「我只是在想，要是我告訴了你，你一定會恨我。」

「恨？」孤虹狐疑地看著他墨綠色的眼睛：「為什麼？」

「我就是怕你恨我，因為你完全有恨我的理由。」青鱗深吸了口氣，感覺到自己的心跳太快，快得讓自己都覺得痛了：「然後，你永遠不會原諒我吧！」

「你怕我恨你？」孤虹心裡驚訝，可還是不動聲色地說：「要是這點，你大可不必擔心。從你挖去我的心那天開始，我就不可能原諒你了，不論你和我有什麼牽扯，不論你再怎麼懺悔也沒有用。」

「我知道。」青鱗點了點頭，難掩失落地說：「我只是沒有辦法說服自己接受這點，我到現在，還是沒有辦法接受……整件事情，要從三百年前說起。三百年前，我遇到了一個凡人，他叫做……傅雲蒼……」

三百年過去，人世間已經朝代更迭，人事全非，那是多麼長久的時間！每當想起，總覺得那些細節能引申出太多的贅述，就算講上幾天幾夜也許都難以說清。

可真正訴說起來，有些感覺難以描述詳盡，有些事情匆匆地帶過，竟只是剩下了空洞的表述。那些發生過的、留下難以磨滅的印記的往事，越發顯得蒼白而短促……

「結束了？」孤虹問：「就是這樣嗎？」

「對……就是這樣……」

孤虹起身走到潭邊，背對著青鱗，抬頭看著天上。青鱗看著他的背影，看著他披滿肩頭的黑色長髮。

良久……

「你信我嗎？」青鱗移開了目光，感覺忐忑不安的心漸漸沉寂了下來。

「我信。」孤虹的聲音一如他所熟悉地高傲而疏遠：「這個故事太過複雜，而且你也不需要編造這種對自己毫無利益的謊言。」

陽光照射下來，四周就像是碧色構築的仙境。

青鱗聽見孤虹長長地嘆了口氣，讓他的心驀地一沉。

「我就知道，會有意料不到的變數。」孤虹像是在自言自語，又像是在說給他聽：「我托生人間，本來是為了治療被你重傷的身體，沒想到差點讓你把魂魄也給毀了。看來你和我之間，真不是用簡單的仇怨兩字可以解釋清楚的。」

「不是……我和你……」

「你覺得自己愛上那個叫做傅雲蒼的凡人了，對不對？」孤虹轉過身，直截了當地問。

青鱗的喉嚨像是一下子哽住了。

「真是可悲。」孤虹抬起左手，撫摸著手心凹凸不平的刻印：「北鎮師青鱗，我本以為你足夠聰明，怎麼最後也跟著我在人間的轉世一樣頭腦發熱了呢？」

「這是什麼意思？」

「你難道還不明白嗎？又或者是你自己不願正視？」孤虹微微一笑，神情不無殘酷：「其實你也應該知道，從太淵提到我是奇練的那一刻起，你就應該想到了，不是嗎？」

「我不知道你在說些什麼。」青鱗的臉色有些蒼白。

「這一切，看起來雖然並不相關，但事實上，歸結到了最後，其實用一句話就能解釋清楚了。」陽光下，孤虹濃密的眼睫在眼下投射出一片暗沉的陰影：

「不過就是……你吃下了我的半心，等於吃下了我的某個部分。」

「那是……」

「你不明白嗎？我是一個除了自己，誰都不愛的人。」

除了自己……誰都不愛……

「恐怕傅雲蒼愛上的，只是蒼王孤虹的某一個部分，一個被你青鱗奪去吃下的部分，也就是我自己的那半顆心。」

「不是！」青鱗握緊了手心：「我不信！我知道你恨我吃了你的半心，可這兩件事絕對不能混為一談！」

「不是兩件事，它本來就是同一件事。」孤虹將手放在了自己的胸前：「你還記得嗎？你胸口時常在痛，其實那不是你的心在痛，而是我的心失去了一半，所以很痛很痛。青鱗，就算轉世成了人，我也從來沒有忘記被你奪去的半心！」

青鱗猛然退了一步。

「你其實早就想到了，又為什麼不肯承認呢？」孤虹冷冷一笑，笑他掩耳盜鈴。

「等一下。」在他們就要擦肩而過的時候，青鱗喊住了他：「我只是要問你……你聽了我所說的事，難道半點感覺都不曾有？你難道不覺得我很可恨？」

「恨啊！你和太淵，非但讓原本應該屬於我的一切分崩離析，還讓我變成了這種樣子。你和太淵，都是要一一把前債償還給我的人。」

孤虹站在他的面前，用一種奇怪的眼光凝視著他：「不過，你身上有我的刻印，我暫時殺不了你。但那也只是暫時的，你要記得我總有一天會來找你，討回你虧欠我的東西。在那之前，你好好活著吧！」

清脆的聲音遠去，那是孤虹身上戰甲發出的聲響。

青鱗跪倒在地，把臉埋進了自己的手心。

粗糙的刻印磨擦著他被焚燬的面貌，草草包紮的傷口早就滲出了鮮血，絲絲縷縷的疼痛從他的心裡湧了出來，也不知要過多久，才能從心裡驅走這種疼痛。

走過拐角的孤虹蹙起眉，最終停了下來，一手撐著身邊的樹木，一手按上了自己的心口。

真是該死！三百年……果然還是遠遠不夠……

4

孤虹站在荒涼無人的廢棄官道上朝四方眺望，自言自語地說著：「真是奇怪。」

自己明明在寒華的身上做了手腳，沒道理絲毫追蹤不到啊！除非寒華落到了太淵的手裡……不！那也不太可能！

究竟是誰這麼擅長隱匿行蹤？那個孩子的身上，分明就是龍族才有的氣息，難道說紅綃竟然……

還有那個神遁返的寫法，明明是自己慣用的方式。是什麼人，通過了什麼樣的方式懂得了我的法術？這個人和自己有什麼關係呢？短短的三百年……這該死的三百年，哪裡來這麼多的是是非非？

想到這裡，孤虹免不了回頭看了看那個始終沉默地跟在自己背後的傢伙。不明白他到底在想些什麼，就這麼不遠不近地跟著……

孤虹停下來想了許久，咬破指尖，一口氣把滲出的血珠吹往天際。不一會，西南方的天空就現出了一道華美的彩虹。

「你到底要去哪裡？」還沒施法飛行，青鱗就出現在了他的面前。

「這和你沒什麼關係。」連孤虹自己也沒有察覺到，他的語氣裡包含了太多的不耐和煩躁：「讓開！」

青鱗一把抓住他的手腕：「太淵一定也在追蹤寒華，要是和他正面對上……」

「難道我還會怕他？」孤虹甩開他的手：「我絕不能讓他殺了寒華，一旦連寒華也栽在他的手上，他就越發肆無忌憚了。」

「不行！他又何嘗不想殺你？」青鱗攔住他，神色堅決。

「那又如何？我才……」話還沒有說完，眼前一花，竟是被人攬進了懷裡。

「我不管！」耳邊傳來青鱗的聲音：「我不管你說什麼，不管是真是假，哪怕你愛的不過是自己，哪怕你愛的不過是在我的身體裡的半心，只要你眼裡的人是我就好……」

這是在胡說八道些什麼？

孤虹一愣，竟然忘了斥責這種無禮的冒犯。

「你說什麼呢？」他先是有些無措，然後咬了咬牙：「什麼愛啊不愛的，真是荒謬！你再說這樣羞辱我的話，別怪我……」

「我後悔了！」青鱗慘然一笑：「我知道說這些話沒有任何意義，不過……我只是想讓你知道，我最終還是後悔了。這兩百年來，我已經開始明白……」

「你最好不要再說下去了！」孤虹揚高了聲音：「北鎮師！你太逾越了！」

「蒼王，水族早已覆滅，我也不是什麼北鎮師了。」青鱗抬起頭來，眼中閃動著危險的光亮：「你只管叫我青鱗就好。」

「你好大的膽子！」孤虹雙眉一揚。

「我只是不想讓你去冒險！」青鱗用力摟緊了他。

「北鎮師，你真是瘋了。」孤虹聞言笑了起來：「你是想找死！」

「不，我還不想死。」青鱗的手指穿梭在孤虹美麗的長髮中，一臉滿足的笑容：「我們才剛剛遇見，我怎麼捨得去死？」

「你做了什麼？」孤虹只覺得突然之間渾身無力，連腳也軟了，不得不靠到青鱗身上：「你該死的做了什麼！」

「你果然什麼都不記得了，要是你記得，一定會對我有所防備的。」青鱗輕聲地嘆了口氣：「不記得，有時也是好事呢。」

孤虹奮力朝他揮出一拳，卻被青鱗用手握住了。他冷笑了一聲，另一隻手趁機拔出腰間的匕首，往青鱗腰腹刺去。

又被握住了？孤虹驚愕地看著握住自己手腕的……青鱗的左手……

「你的手……」

「你恐怕忘了。」青鱗奪下了他手裡危險的匕首，輕聲地說：「我本是九鰭青鱗。」

孤虹閉著眼睛，只覺得自己被青鱗抱著飛了很遠，最後落在了一座山頭。

空氣裡有種清冽的香氣，陌生……卻又說不出地熟悉。

青鱗走進了一間白牆黑瓦的屋子，把他放在了床上。

「你到底想幹什麼？」直到被放進了柔軟的床鋪，他才睜開眼睛瞪著青鱗。

「我只要你安安全全留在這裡。」青鱗幫他把頭髮理順，垂放在枕邊：「你不用擔心，寒華不會那麼容易讓太淵得手的，他們爭鬥也不是一天兩天了，我看短期之內也不會分出勝負。」

「你知道什麼！」孤虹皺起眉頭：「蝕心鏡力量強大，寒華……」

「你為什麼總是想著別人？」青鱗臉色有些變了：「你的眼裡不是只有我嗎？寒華、太淵、那個無名，不論是誰，還想他們做什麼！」

「無名？什麼無名？」孤虹一抬眼睛：「青鱗，你果然還是隱瞞了一些事情！」

青鱗懊惱地閉上了嘴。

「你隱瞞了我什麼？青鱗，你不是說你不會騙我的嗎？」孤虹緊緊地盯著他的眼睛：「你到底還有多少事沒有告訴我？」

「只是無關緊要的人。」青鱗並沒有迴避他的視線：「你答應我，不要去管那些人的事了。」

「你明知道我不可能答應你的。」孤虹冷下了臉：「你最好現在就解開我身上的禁咒。」

「除了這個，不論你有什麼要求，我都答應你。」青鱗輕柔地撫摸著他的頭髮：「你放心，這個禁咒除了我之外，沒有人解得開。你在這裡很安全，我會時時陪在你身邊的。」

「你！」孤虹知道他軟硬不吃，一時氣得臉都紅了。

發覺他這樣竟然說不出地可愛，再沒有那種遙不可及的感覺，青鱗輕聲地笑了。

「如果你只是想殺了太淵，又何必急於一時？每個人都有弱點，太淵又怎會例外？就算他自己並沒有意識到，但他當年本無必要的一時手軟，還是給自己造就了一個最大的破綻。

「他不明白沒關係，等他明白了，受苦的日子才真正地開始。怎麼彌補都不行的，那個人的性子可不是一般的……」

看見孤虹不解地望著自己，青鱗臉上的表情又柔和了幾分。

「雲蒼，我們重新開始好不好？」他半跪在床前，緊緊握住了孤虹的手：「我知道我對不起你，也知道你心裡恨我，但你可還願意給我一個機會？這一次，我向盤古聖君起誓，絕不再辜負你了。」

「北鎮師，我不是傅雲蒼，我是蒼王孤虹！」孤虹心裡充斥著一股焦躁：「你不覺得我和他完全不同？就算他是我在人間的轉世，那都已經過去了，連我的記憶也被蝕心鏡消融得乾乾淨淨！就是說，我們之間根本就沒有了任何不該有的牽扯！」

「不許你這麼說！」青鱗把他摟到自己懷裡：「我知道，你還記得，你心裡記得一清二楚。你只是還沒有原諒我，我的確傷害得你太深。沒關係，不論多久，你總有一天會原諒我的。我知道！我知道的……」

「我不是……」孤虹心裡一陣乏力，同時又是一陣惡寒。

「對！你是孤虹，我是青鱗，我們要重新開始，對不對？」

「你這個……」還沒罵出口，青鱗突然把他抱了起來，嚇了他一大跳：「你要做什麼？」

面對任何劣勢向來毫不畏懼的水族蒼王，竟是有些心慌起來。

「這裡是棲鳳山。」青鱗把他抱到了窗邊的椅子上坐好，邊說邊推開了窗戶：「這個地方，叫做白梅嶺。」

不知何時開始飄落細細的新雪，空氣裡淡淡的香氣分明了起來，柔嫩的花瓣落下枝頭，伴著細雪落進了窗裡。

孤虹驚訝地看著窗外漫山遍野的白雪寒梅。

「曾經在這裡結束，那就從這裡開始吧。」青鱗在他耳邊輕聲地說，帶著一種他並不瞭解的哀慟：「她說得對，我再有本事也追不回時間……如果時間能夠倒流……」

孤虹看了他一眼，又掉過了頭。

真是麻煩，原來北鎮師青鱗，竟是思憶成狂了！要怎麼才能脫身……那該死的刻印，不然的話，殺他根本就是易如反掌！

「數萼初含雪，孤標畫本難。香中別有韻，清極不知寒。橫笛和愁聽，斜枝倚病看。朔風如解意，容易莫摧殘。」

隨著清清淺淺的吟詠，一枝從枝頭折下的梅花被放在了孤虹的手邊。雪漸漸化去，嬌豔的花瓣在他銀色的鱗甲上開得燦爛。

如是解意，切莫摧殘！

看著看著，胸口像是有什麼東西碎裂來了，有些什麼……溫熱地流淌了出來……

「這有什麼意義？」孤虹坐在椅子裡，不耐煩地看著坐在一旁不知在忙些什麼的青鱗：「你到底要把我關到什麼時候為止？」

「陣式就要完成了。」青鱗突然說了句風馬牛不相及的話。

「你說什麼？」孤虹一愣。

「逆天返生之陣。」青鱗抬起頭，深深地看著他：「動用虛無神力逆天返生，列陣者需受陣式反噬之苦。」

「太淵？」

「那不可能！要列這個陣式，不能動用法力，且不是一朝一夕就能完成，當中凶險太淵十分明白，所以他絕不會願意冒這樣的險。」青鱗走到他的身邊：「從古至今，列這個陣的人，毫無例外地都會被陣式反噬至死。」

「那為什麼還會有人要列這個陣？」孤虹皺起了眉。

「我本來也不明白。」青鱗蹲了下來，看著他：「可若是為你，我當然會做。」

「你胡說什麼？」孤虹突然覺得不對：「到今天，怎麼還有人能列出這種陣式？」

「要是沒有我暗地裡教他，自然不可能完成。」青鱗微微一笑：「這個陣式經歷多年，終於要列好了。」

「逆天返生？你想讓誰逆天返生，那個列陣的人又想讓誰逆天返生？」

「幸好早了一些知道……不論怎樣，我現在不需要那個陣式了。」青鱗的手指摸上了他的臉頰：「我之所以沒有親自列陣，只是不想讓你一個人活過來，我卻死了。這麼做雖然自私了一些，可只要能和你在一起，我什麼都不在乎。」

「不需要！」孤虹沒有辦法躲閃他，只能用冷淡傷人的口氣說：「要是換了別人這麼做，我或許會有些感動，可現在你做什麼我都只覺得厭惡至極。」

「都是因為太淵！要不是他當初誤導我，讓我把你當作了奇練，我又怎麼會動手傷你？又怎麼會有後來這麼多的波折？」青鱗的目光中透出忿恨：「這段仇怨，我絕不善罷甘休！」

「你覺得所有一切都是太淵造成的？」孤虹冷冷笑道：「只能說你太蠢了！太淵一肚子壞水，你既然與虎謀皮，又怎麼沒想到遲早會被他反咬一口？」

「我又怎麼會不知道？只是……除了這樣，我有什麼辦法呢？」

青鱗站了起來，臉上表情並沒有多大的變動：「火族是青鱗一族的天敵，我們差點就盡數滅在火族手中，我歸附水族是不得已為之的。可共工一死，你們兄弟爭奪皇位，別說試圖復仇，恐怕整個水族不可避免地要走向分裂衰亡。這時太淵他來找我，我有什麼理由不幫他？」

孤虹不再說話。

「我當然留了後手。他雖然如願悉數誘殺了火族，卻也被我埋在誅神陣中的隱患所傷，把所有列陣的反噬加在了他的身上。他察覺及時，沒有命喪陣中，不過也休養了多年才恢復。」青鱗遠望天邊，哼了一聲：「只是他太過狡猾，直到痊癒我都沒有追查到他究竟躲在哪裡，否則他早就活不到今時今日。」

說到這裡，青鱗笑了。

「逆天返生之陣列成，要是被他知道了，一定是欣喜若狂吧！」青鱗走到窗前，折了梅花，笑著說：「畢竟多年宿願終可得償，實在是可喜可賀啊！」

「你不會是打算毀了這陣吧！」孤虹疑惑地問，又直覺有哪裡不對。

「我為什麼要毀了逆天返生陣？我為他高興還來不及呢！」青鱗回頭，把梅花放到孤虹的手裡，雙手緊緊包握住他的手。

「愛戀了萬年的人終於可以復生，他真是比誰都要幸運。只不過，我真想看看他得償所望之後，會是什麼表情。」

「你做了手腳？」

「我什麼都沒有做。」青鱗把孤虹摟到懷裡，看著他想要掙扎的樣子，苦笑著說：「有人對我說過，有時候，我們並不知道自己想要什麼，也許等得到了，才是痛苦的開始。這句話，我要原封不動地送給太淵。」

「你放開我！」

「讓我抱一會，一會就好！」青鱗把臉埋進他的髮間，深吸了口氣：「我告訴你這些，只是希望你不要心心念念去想那些事了，太淵自然有人會收拾，他也不會再有空閒來打擾我們。你和我，在這白梅嶺上就好……你要一直陪著我，我只要有你就好……」

孤虹被他緊緊抱著，無力反抗，心裡掀起了滔天怒火。

這該死的青鱗，等自己脫困，定要把他大卸八塊，方能解心頭之恨。

手中無力握住的梅花，落到地上，悄無聲息地碎了……

孤虹換去了銀色的戰甲，穿著一件白色輕衫，靠在雕花的烏木窗邊，看著窗外月光照耀下的白雪梅花。一頭長髮沒有任何的裝飾，只是直長黑亮地垂放在身後。

這樣的孤虹，又怎麼像是傳說中驍勇善戰的水族神將？倒更像是窗外寒梅幻化成的美麗精魄。

只想把這個人藏起來，誰也不給，只屬於自己……

「你看夠了嗎？」孤虹沒有回頭，冷冷地問道：「你都不覺得厭煩嗎？」

「看你，我怎麼會覺得厭煩呢。」青鱗柔聲說著。

「我們龍族生來性別明顯，我真不明白，我到底是哪裡一點像女性了？」孤虹嘲諷地說：「還是你覺得自己有蛻變的跡象，想要做我的女人？不過說起來，我身邊的女人可沒一個比得上你這麼天姿國色。」

青鱗聞言目光一閃，硬生生地壓制住了心裡的怒火。

「我沒有把你看作女性，你也別去想那些過去的女人了。別說她們早就死絕，哪怕她們沒死，我也會把她們全部殺光。至於我的容貌……」說到這裡，青鱗頓了一頓：「也不是什麼難事，只需和東溟帝君交換條件，他一定會有恢復容貌的藥物。」

「我對男人沒興趣。」孤虹漫不經心地說道：「別說你是這付樣子，哪怕是東溟那樣的，我也不覺得有多高興。」

「你不必刻意惹我生氣，無論如何，我都不會讓你走的。」

背對著青鱗的孤虹，聞言臉色微微一變。

「孤虹，我們除了這些，難道沒有別的話好說了嗎？」青鱗走到他身邊，朝窗外望去：「我記得你很喜歡梅花，你看，這裡和當年我們初見時是不是一模一樣？」

「不過就是梅花，年復一年，花開花謝，有什麼好看的？」孤虹淡淡地答道。

青鱗笑了一笑，拉起了他的手，伸出了窗外。

「做什麼？」

孤虹莫名其妙地看著青鱗托住他的手，手心朝上，慢慢握攏成拳。青鱗的手包覆著他的手，就這麼久久地停在半空，久到他不由得回頭去看身邊的青鱗。

「我可以把天下的珍寶都拿來送你，可是你只是問我要求一握月光。」青鱗的目光放在兩人交疊相握的手掌之上：「只是這一握月光，對我來說，比任何東西都來得沉重，所以我始終無力承擔。」

孤虹默默地抽回了自己的手掌，放在面前打開，掌心像是烙印一般的刻痕深深地嵌進了皮肉。

有什麼東西在燒，炙熱疼痛……

「不知道你在說什麼！」孤虹僵硬地把頭轉到了一邊。

「也許是遲了太久，但是，還是請你收下吧。」青鱗沒有忍住，輕聲地嘆了口氣：「就算是……當年的解青鱗，終於送給了傅雲蒼……」

孤虹低垂的眼裡閃過類似於慌張的情緒。

心……跳得這麼急、這麼快、這麼痛……還有……這種感覺……這種感情……不可能！這不可能！

「不是！」孤虹靠在窗框上，劇烈地喘著氣。

「你怎麼了？」青鱗急忙把他摟到了懷裡。

「放開我！」

「是哪裡不對？這禁咒明明就不會傷害……」

「放開我！解青鱗！」

青鱗一愣，鬆手放開了他，任得他倒在了椅子裡。

「你……喊我什麼？」孤虹……怎麼會這麼喊自己？

「都是你！要不是你……才三百年，我怎麼會……」說到這裡，孤虹突然停了下來。

青鱗對上了他的目光，不知不覺地退了一步。

「你欠我的！青鱗，你欠我的實在太多，即便你死上一千、一萬次，都不夠償還！」孤虹眨動著眼睫，慢慢抬起了頭，目光冷峻清澈：「你現在居然只想著再續前緣？不覺得自己太過厚顏無恥了嗎！」

「孤虹……」青鱗墨綠色的眼睛裡充滿了迷惑：「雲蒼……」

「雲蒼不就是孤虹？孤虹不就是雲蒼？」孤虹咬著自己的嘴唇，直把嘴唇咬出了鮮血：「傅雲蒼，是我全部神魂的轉世，那是完完全全的孤虹，和現在的我沒有絲毫區別！所以，他的痛就是我的痛，他的傷就是我的傷。

「這痛、這傷，就像這個刻印一樣，那麼深地刻在我的靈魂裡。一面蝕心鏡，就算蝕得盡時間，又怎麼蝕得盡我的靈魂？」

「你……什麼都記得？我就知道，你什麼都記得！」青鱗臉上的表情根本說不清是歡喜還是彷徨。

「記得有什麼用？我最好統統忘記……」一滴晶瑩的淚水從孤虹剔透的眼裡流淌了出來：「反正都是些被人唾棄、被人羞辱的記憶，為什麼還要記得？」

「雲蒼。」青鱗愣愣地伸出了手，用力地把他摟進了懷裡：「不是的，那是我的錯，都是我的錯！我後悔了，兩百年前你離開的那個時候，我就開始後悔了！應該痛苦的是我，應該被怨恨的是我，你應該把我忘了……那是應該的……」

「你從不曾愛過我……孤虹還是傅雲蒼，不過是你青鱗可以利用的棋子或者興之所至的遊戲。」孤虹躺在他的懷裡，喃喃自語似地說著：「你根本只是在耍弄我。我蒼王孤虹是什麼人……你怎麼可以這麼對我？你怎麼可以……」

靠在青鱗的胸前，他的耳中充滿了青鱗急促的心跳聲，那一聲一聲，那唾手可得又遙不可及的……

「我沒有愛過任何人，從來沒有……」青鱗在他耳邊，用一種壓抑的聲音說著：「我總是以為，沒有什麼比得上珍惜自己來得重要。只有活著，只有得到別人無法抗衡的絕對的力量，才能沒有束縛地活著。可是，上天似乎是借了太淵的手來顛覆一切，然後，又讓我在那種情況下遇到了你。」

「你存心的！你存心要害得我魂飛魄散……我不過是愛上了一個不該愛上

的人，為什麼要受到這樣殘酷的懲罰？」孤虹閉上了眼睛，聲音有些沙啞：「你不愛我倒也算了，就算我自作自受，是我活該！可為什麼你偏要和我糾纏這麼久，為什麼始終不肯放過我呢？」

「不！你不要這麼說，求求你不要這麼說！」青鱗越發用力了，心裡升起了一股恐慌。

這感覺……就彷彿當年在無妄火中的訣別。

「我和你之間，絕不是什麼牽扯，什麼糾纏，我們註定了是要在一起的！你看，哪怕分離多年，哪怕天各一方，我們還是被天意聯繫在了一起！只是……只是我做錯了事，你一直一直沒有原諒我。只要你肯原諒我，往後再也沒有什麼能分開我們兩個，千年萬年，我們再也不會分開了！」

他說得那麼急切，像是生怕孤虹不相信他。

孤虹心裡猛然一震，抬起頭，看見了他那雙深邃的眼眸。

深色的綠，帶著千般懊惱和痛苦……

「太遲了，一切都太遲了……」孤虹目光複雜地避開了和他的對視，喃喃地說著：「如果當年……」

「遲什麼？」青鱗震驚地追問著：「你說如果是什麼意思？」

話還沒有問完，只感覺微涼的柔軟觸感在唇邊蔓延開來。

那是……一個吻……

5

月光照射著窗前的白雪，天地間一片光亮。

青鱗一手撐在孤虹坐著的椅子扶手上，一手還保持著摟住他的樣子。

「青鱗……」孤虹撫摸他被黑紗遮蓋的半張臉龐，在他的唇邊呢喃：「為什麼要到這個時候，才知道說這種話？要是你當年對傅雲蒼說出這樣的話來，他恐怕會歡喜得瘋了……到這個時候才說，不是遲了嗎？」

「雲蒼。」青鱗扣住了孤虹後退的臉龐。

「什麼都別說了，我不想聽。」孤虹別過臉。

「你看著我。」青鱗輕輕用力就把他的臉抬了起來，看見他眼底一閃而逝的慌張：「說你愛我吧！」

「什麼？」孤虹沒有聽明白。

「跟我說你愛我好嗎？」青鱗柔聲說道：「你已經很久很久沒有說過你愛我了。雖然我知道你心裡仍是愛著我的，我還是希望聽見你對我這麼說。」

「要我說……」孤虹吃力地說：「我想沒有這個必要。」

「那你為什麼要吻我？」青鱗勾起嘴角：「要是你不再愛我了，為什麼要吻我呢？」

「那是因為……」孤虹回答得有些猶豫遲疑：「我……」

「你難道是想……」青鱗慢慢地靠近，近到孤虹能夠看清他每一根睫毛才停了下來，然後在孤虹耳邊低語。

「你胡說！」孤虹的臉隱隱泛紅，想要揚高的聲音卻又突然低了下來，竟是有些窘迫：「你胡說些什麼？」

這樣的孤虹，卻是讓原本只是想要岔開話題的青鱗心中怦然一動。

氣氛不知不覺地變了……

青鱗又一次慢慢地靠近，孤虹眼睫不停地眨動，隨著他的前進往後退卻。嘴唇輕觸到了一起，然後分開，追逐了上來，又往後逃離……直到孤虹的頭仰靠到了椅背上面，再沒有地方可退。

「你……想要做什麼？」孤虹的聲音帶著一絲異樣的乾澀：「不許再靠……」

話尾消失在青鱗嘴裡。

或許是因為青鱗的行為出乎了他的預想，孤虹完全忘了這種事要是一方不願意，是絕對不能配合另一方的……

半張的嘴唇被青鱗乘虛而入，溫熱的舌尖滑過了齒列，和他的舌頭纏繞到了一起。

一種麻痺的感覺沿著他的脊背往上爬行，讓他本來就無力的四肢一下子癱軟了，只能抓住青鱗的衣服，才不至於滑下椅子。

「你給我……唔……」好不容易趁著換氣的空檔說了幾個字，轉眼又被青鱗奪去了呼吸。

原本調情似的深吻完全脫離了正常的範圍，交換氣息的動作越來越有侵略感，孤虹心裡浮現出了些許慌亂。

「雲蒼……我的雲蒼……」青鱗終於放過了他的唇齒，任由著自己急促的呼吸吹拂在孤虹臉上。

孤虹雙眼迷濛了起來，銳利的目光像是蒙上了一層水霧。

青鱗的手沿著他修長光潔的頸項往下，滑進白色的衣領，停在了他微微突出的鎖骨上。

那手指有些顫抖，孤虹能夠感覺到。

下一刻，他發覺自己的身體竟也和停在他鎖骨上的手指一樣，開始微微發著顫。

「青鱗……」他輕聲地喊著這個名字。

雖然他真正的用意可能是想讓青鱗停下來，畢竟事情的發展有些超出尺度了，但聽在青鱗耳裡，卻完全不是這麼回事。

輕柔的、帶著一絲無力的沙啞聲音，從這個人的嘴裡發了出來，對他來說帶著說不出的引誘感，像是一種暗示，還有……邀約……

青鱗始終不是個謙謙君子，哪怕他已經盡量表現得體貼溫柔。

原本顏色就很暗沉的眼睛漸漸變成了黑色。

「雲蒼，怎麼辦？」帶著撩撥意圖的語氣，透露出這個男人深藏的欲望：「我真的很想要你……」

「你想做什麼？」被那雙眼睛裡的情欲嚇到，雖然已經無路可退，孤虹還是忍不住瑟縮了一下：「不行。」

「為什麼不行？你是我的。」青鱗揚起了嘴角：「一想到這麼美麗的你，從頭到腳，每一根頭髮、每一片指甲，都是屬於我的，我會想要真正得到你，不是理所當然的嗎？」

說著，在鎖骨上的指尖輕輕游移起來，孤虹的衣領被慢慢推開，露出白皙的皮膚。

孤虹倒抽了一口涼氣。

他意識到青鱗是認真的，他是真的想對自己……

「看見你在水裡沐浴的時候，我就想，這麼美麗的人，只能是屬於我的。我要把這個人藏起來，不給任何人看見。」青鱗輕笑著，竟然低頭用力咬上了孤虹鎖骨邊光潔的肌膚。

「啊！」孤虹意外地驚叫了一聲：「你做什麼？」

「雲蒼……我想，我等這一天，已經等了兩百年……」青鱗溫柔地輕吻著自己咬出來的牙印：「我知道你總會活過來的，你總會回到我的身邊。不論用什麼樣的手段，我都要讓你回到我身邊。

「可現在的你讓我覺得我們遠離了過去……你是蒼王孤虹……我要碰觸到你，感覺到這就是你。你告訴我，這是可以的……」

「我沒說……」孤虹無力地駁斥。就算他自己聽來，也覺得這種語調一點說服力也沒有。

幾乎像是在撒嬌……想到這裡，一種羞恥感湧上了他的心頭，卻也讓身體越發敏感了起來。

隨著青鱗的嘴唇下移，孤虹的皮膚慢慢染上了紅暈，臉上的表情卻混雜了一絲怨恨。

因為一個男人渾身發軟，何況還是這個男人，簡直就是一種……

青鱗抬起頭，看見了他籠罩著水霧的眼睛和埋怨的神情，渾身一震。

糟了！停不下來了……

摟起孤虹癱軟的腰肢，青鱗重新吻上了他的嘴唇。

這才是青鱗的吻。急切的、讓人頭暈目眩的吻！

孤虹只覺得腰快被青鱗折斷了，他用的力氣，足以讓人興起這樣的聯想。

「別……」

孤虹吃痛的輕喊，全數被吞進了青鱗的嘴裡。直到他覺得意識有些模糊了，才又能呼吸到帶著梅花清香的空氣。

還沒有從令人頭暈的吻裡回過神來，孤虹就感覺到腰間的衣結被拉開了。鬆散的裡衣已經凌亂不堪，急速起伏的胸口暴露在了月光下。

「這道傷痕……」青鱗輕輕地摩挲著左邊胸口上那道發白的舊傷，雖然已經過去了很久的時間，那個傷痕依舊十分地明顯。

一波又一波的酥麻感覺從青鱗指尖在他的胸前蔓延開來，孤虹緊咬住牙，強忍著身體發出的顫抖。

「水族眾神個個妻妾成群，你也有過不少女人吧！」

看著眼前美麗的身體，只要一想到曾經有人和他一樣為了這個高傲美麗的男人不能自已，青鱗就覺得說不出地惱恨。

「在她們身邊，你會不會露出這樣的表情呢？」

「快放開我！」孤虹恨恨地說，他何曾像這樣任人擺布過了？「你要是再敢這樣羞辱我，我……」

話還沒有說完，就被驚喘聲取代了。

青鱗竟然，他竟然……

原本的吸吮，在聽見他的喘息之後變成了一陣難耐的輕咬。

「該死的！」他的手就搭在青鱗肩上，非但使不出半絲力氣推開這個趴在他胸口胡作非為的傢伙，甚至在拉拉扯扯之間，把青鱗的衣物扯開了大半。

肌膚相貼，渾身上下越發熱了起來，並不陌生的欲望在身體中洶湧地翻滾著，叫囂著，急切地需要釋放。並不陌生，卻從來沒有這樣強烈過！

不要說是無力反抗的孤虹，就算是青鱗，哪裡會料想到欲望出現得如此猛烈又突然。

他深色的眼裡充滿了意圖掠奪的訊息，熾熱的唇舌又一次和孤虹糾纏在了一起，像是要把對方吞進自己肚腹一樣狂烈。

嘴裡嘗到了一絲淡淡的血腥味，也不知是誰先咬破了誰的唇舌，兩個人的鮮血隨著唾液融合在一起，再也分不清……

孤虹睜開了眼睛，在青鱗的眼睛裡看見了滿臉情欲萌動的自己，疑惑於自己竟如此輕易就被撩撥了起來。

但這種殘存的理智，很快就隨著青鱗接下來的動作土崩瓦解。

青鱗的手指潛進了他的褻褲，微涼的手指包覆住了他本就有了感覺的灼熱中心，讓他全身的血液霎時往那裡沖去。這種迅速的變化，讓孤虹整個人都僵住了。

「啊！」隨著那手指輕輕移動，一種黏膩的聲音就從孤虹的嘴裡發了出來。那種叫聲讓他自己都覺得是存心勾引了，何況是青鱗。

看見孤虹咬住了自己的嘴唇，青鱗刻意加大了手上的力道，像是存心要他更加難堪。可還沒有等他的怒火成形，就被一陣陣蝕骨的快感又一次弄得昏昏沉沉起來。

「夠了！嗯……夠了……青鱗……」他的嘴裡這麼說，整個人卻不知不覺靠到了青鱗身上，雙手環住了青鱗的脖子。兩具赤裸的胸膛緊貼，連長長的頭髮也絲絲縷縷地貼附上了青鱗的身軀。

青鱗的動作越來越快，孤虹的心也跳得越來越急，呼吸幾不成聲。不平整的手心在他的後背游移，傳來燙人的熱度，和他自己同樣發燙的掌心一起讓頭腦裡一片火燒似地空白，整個人像是被下了蠱咒……

「唔！」伴隨著無力的呻吟，孤虹整個人靠在了青鱗身上，連目光也渙散了起來。

青鱗看著自己指掌間的滑膩體液，看著靠在自己胸前無力的孤虹，忽然退了一步。就像有一盆冷水當頭澆了下來，讓他從頭頂涼到了腳底。

自己這是在做什麼？竟然對被禁咒束縛了力量的孤虹做出這種事來。照著他的性子，今後又怎麼會原諒自己？

「對不起……我……」只是一時沒能克制得了想要得到的欲念。

青鱗想再退一步，表示自己已經清醒了，出乎他意料的是，孤虹的雙手竟然依舊環繞在他的頸上，就算整個人隨著他後退的步伐往前傾倒，還是緊貼著他不放。

「你怎麼……」青鱗嚇了一跳，慌亂地把擋住孤虹表情的長髮撩開。

孤虹的臉上泛著紅暈，嘴唇被自己咬得嫣紅一片，帶著濕氣的明亮眼眸足以讓天上的明月都失去光彩。

看到這樣的孤虹，青鱗怎麼還說得出話來？

「青鱗……」孤虹喊著他的名字，用一種他從未見過的表情看著他：「你別走……」

「你……我……」

青鱗有些不知所措，愣愣地被孤虹拉到了面前。

孤虹伸手拉低了他的頸項，就這麼吻上了他的嘴唇。直到孤虹的舌尖滑過他的齒列，貪婪地在他的嘴中挑引，青鱗還是覺得不太真實。

孤虹居然主動地和他親近，在這種情況之下，他難道不知道有多容易就……

微微的刺痛讓青鱗回過了神。

「你不專心。」孤虹指責似地說著，隨即換上了溫和的笑臉，用舌尖舔去了他唇上被咬出的鮮血。

青鱗眨了一下眼睛，眼前緊摟著他的孤虹又一次地親吻著他，那種讓他呼吸也為之停頓的吻法提醒他，這不是作夢。

青鱗似乎失去了最後的顧忌，慢慢地解開了自己和孤虹身上的衣物，讓它們一件一件地滑落到了地上。

他的手再一次摟上了孤虹的腰，拉高了他，讓他半跪在寬闊的椅子上，兩具身體更密切地貼合在一起，更加加深了這個吻。

孤虹似乎完全沉醉於和青鱗的吻，根本沒有注意到阻隔在兩人之間的衣物正在變少，直至再無障礙。

青鱗修長的指尖沿著他的背脊慢慢下滑，緩慢貼近他身後從未有人碰觸的地方。一種異樣的感覺讓孤虹猛然睜大了眼睛，分開了和青鱗糾纏在一起的唇舌。

青鱗是想……

那種讓他背脊發寒的感覺促使他身體前仰，卻不料讓光裸的大腿貼上了青鱗熾熱的欲望。

剎那之間他變得渾身僵硬，扭動著想要遠離青鱗，可這樣的動作，反讓青鱗的手指更加深入了體內。

孤虹臉色發白，低咒了一聲，雙手推拒著青鱗的侵犯。

青鱗順勢滑入的第二和第三根手指讓他更加慌亂，手指摩擦著乾燥緊窒的甬道試圖擴張，哪怕沾染了孤虹的體液起到潤滑的作用，卻還是不可避免地帶來了疼痛和反胃的感覺。

「唔……快拿出來！」孤虹的大聲地喊道，緊接著用力咬緊了嘴唇。

孤虹刻意的排拒夾緊了青鱗的手指，那種火熱的感覺也逼出青鱗壓抑了許久的欲望。

青鱗再也沒有辦法忍耐，抽出了手指，抬高了孤虹一側的大腿，在孤虹的驚呼聲中猛然進入了他……

一切歸於沉寂，青鱗額頭的冷汗一滴一滴地滴落下來，滴落到埋首在他肩頭的孤虹的烏黑長髮之間。

孤虹的手指在他背上抓出了長長的血痕，指甲深深掐進了他的皮膚。

「別動！」孤虹的聲音異常沙啞無力：「你要是敢……」

話還沒有說完，他就感覺到了深埋在自己體內的青鱗微微一動。

「不許……」孤虹臉色慘白，悶哼了一聲，一絲絲的疼痛從那裡開始傳遍了他的全身。

這麼痛……

青鱗的眼睛變成了暗沉的黑色，他知道最好等待孤虹適應，可是孤虹的體內熱得讓他失去了理智。

那麼熱……

耳邊傳來孤虹低低的抽氣聲，青鱗的理智完全潰敗，他忍不住抱住孤虹的腰，開始了前後擺動。

孤虹疼痛至極，偏又無力反抗，一口咬住了青鱗的肩頭。嘴裡嘗到了濃濃的血腥味，隨著青鱗的動作，身下也有溫熱的液體沿著大腿流淌了下來。

鮮血起到了濕潤的作用，疼痛一點一點消退，取而代之的是一種難以說清的感覺。

熾熱的、被火焚燒著的身體……

就在他忍不住要呻吟出聲時，青鱗的另一隻手竟然再次撫上了他的欲望，把他的呻吟硬生生地嚇回了自己的喉嚨。

越來越快的動作和快感讓孤虹無力承擔，他更加用力地咬了下去，只聽見青鱗低叫了一聲，滾燙的液體霎時注滿了他的身體，突來的刺激讓他也忍不住釋放了自己。

眼前一片混沌……

孤虹恍惚地睜開了眼睛。

他的目光滑過了和自己肌膚相貼的人。

那人的半邊肩膀和臉龐有火燒後的傷痕，和另半張俊美的面貌放在一起，說不上可怕，卻也有些怪異。

他被摟在這個人的胸前，不緊，甚至是小心翼翼的。

被這樣對待，竟讓他生平第一次覺得，做一個需要被保護的人，可能有時也算是一種幸運。

從沒有人這麼護衛似地摟著他，像是把他當作易碎的珍品。

因為他是蒼王孤虹，所有人都覺得他足夠強大，有能力面對一切，他才應該是那個讓人想要依附的保護者。

一出生就是純血的嫡子，是有資格繼承皇位的皇子，蒼王孤虹，必須是比所有人都要堅強的存在。

直到今天為止，他第一次感覺到，有些累了……

現在，趁著天還沒亮，再睡一會吧。

等天亮了……

孤虹輕輕地吁了口氣，乏力地靠在青鱗的胸前，閉上了眼睛。

6

看見窗外照射進來的陽光，孤虹拉開了青鱗擁著他的手臂，從床上直起了身子。

一股劇烈的麻痺和疼痛感讓他緊咬著牙，手指緊抓床沿，好一陣才熬了過去。

連動一下都痛得要死，下半身就像是不屬於自己。

孤虹一手扶著腰，一手扶著床柱，好不容易站了起來。每跨出一步，他就不由自主地倒抽著涼氣，眉眼緊皺到一起。挪到窗邊，他雙手撐在窗框上，閉起眼睛。

他被黑髮覆蓋的背後隱約顯現出閃閃發光的鱗片，那種金色的光芒漸漸地籠罩了全身。

直到金芒消退，孤虹放開了撐在窗框上的手。

他直起身子，身上的痕跡都已經消失得一乾二淨，像是什麼都沒發生過一樣。

轉過身來的時候，銀白戰甲已經完好地穿在了身上，無鞘的長劍也握在了手中。他一步一步地走回床邊，沐浴在金色光芒中的他，臉上沒有任何的表情。

他在床邊停下，看著兀自沉睡的青鱗。

就是這個人！這個人對自己所做的事，讓自己有數不清的理由可以殺了他……但就算是這樣，為什麼自己沒有制止或者逃離？

孤虹非常清楚，趁青鱗無暇細想的時刻，他服下了足夠的鮮血，破解了青鱗的禁咒。

明明早就有機會和力量全身而退，可是……他沒有……

也許因為……並不是全然的痛苦。

到了後來，連他自己也沉溺在身體的欲望之中，和這個人從椅子上滾到了地上，從地上到了床上。整整一夜，一次又一次，像是瘋了似地糾纏，要把身體撕裂似地占有。

現在回想起來，心還是顫抖了一下。

從沒有過這樣激烈的、單純沉溺於身體感官的瘋狂舉動，這沒有理由的激情，簡直叫人害怕。

是為什麼失去了冷靜和理智？為了這個人嗎？怎麼可能！

北鎮師……青鱗……昨晚，不！應該說是今早，他為自己清洗了身子，然後抱著自己躺在床上，安安靜靜地看著自己很久很久，眼裡盡是複雜的神色。

心裡那種不舒服的感覺……真是討厭！

可以殺了他的，只要放棄那半心，就能殺了他！

孤虹的手握緊劍柄，然後鬆開，又握緊，再鬆開……這樣反覆著，足有五六次之多。

雲蒼，我向來不是什麼痴情的人，對我來說，情或者愛，都並不重要。

其實到現在為止，我還是不明白當年你說愛我時，到底是什麼樣的感覺。也許就如你所說，我從來沒有愛過你，但我知道，我想要你留在我身邊！

我很自私，只為自己活著，所以如果需要愛，我只會希望自私地愛，是完全屬於我的……但我希望那個人是你，不是其他任何人！

除了你，任何人的愛，我都不需要！只要你留在我身邊，我會一直和你在一起，只有你。

如果說我愛著你，就能讓你留在我的身邊，那我會說……

最後一次握緊劍柄，孤虹想起了這個人所說的話。這個人把自己摟在懷裡，說了這一番話。

能堂而皇之地說出這樣的話來，真是個自私的人……

孤虹不屑地冷笑。

他舉起長劍，看見握劍的掌心裡刻印宛然，心裡一恨，抓過身後的長髮，便是狠狠一劃。

鬆開手，絲絲縷縷的頭髮翩然墜下，鋪滿了腳邊。

孤虹低頭看著那些頭髮，一步一步地後退，直到窗邊，然後轉身，就這麼騰空飛去。

銀白的背影消失在天際的一瞬，青鱗張開了眼睛。他披上落在床下的外衣，站到了孤虹剛才斷髮的位置。

蹲下身，從地上撿起一縷長髮握在掌心，青鱗的心裡一陣緊縮。

他還是走了……毫無留戀。

也是，有什麼值得留戀的呢？他一定會走的，不可能留下來。再怎麼想也會是這樣……

從白天到夜晚，整整八、九個時辰，都沒有絲毫線索。

寒華和太淵，就像是在這世上憑空消失了一樣。還是說，有人布下了強力的界陣，隱匿了他們的蹤跡？

孤虹站在一處高山之巔，身上的衣物和只到肩後的頭髮在風裡翻飛。

他的目光中有些許茫然。

他在尋找這些人，但是，到底是為了什麼而尋找呢？

一萬年前，和這些人爭鬥或許是為了得到水族的皇位，為了證明自己才是水族中最強的人，可是現在呢？

既然連水族都沒有了，還有什麼好爭的？

早就敗給了太淵，誰都敗給了他，他才是整個水族之中最強的人。就算不能說心服口服，卻也是勿庸置疑的事實。

到今天，殺了太淵也不能挽回眾多同族的性命。

水族早已全數覆滅，水族的蒼王，這樣的頭銜又有什麼意義？

再也不是了，再也不是那個率領千萬水軍征戰七海的蒼王，站在這裡的，不過是僥倖活下來的孤虹……

到了現在，活著又是為了什麼？

從未有過的念頭，就像是種子，在孤虹的心裡種上了迷惘。他忍不住回首望向西邊，在遙遠的西面，有一片白色的梅花……

也許不是尋找什麼……不過是想逃開……

一面蝕心鏡，就算蝕得盡時間，又怎麼蝕得盡靈魂？這句話，聽起來像是真的，然而孤虹明白並非如此。

所有的一切，都建立在時間之上，時間被吞噬了，記憶、感情，所有的一切也將隨之消失，或者說從不曾存在。

靈魂只是一種意識，唯一能肯定的只是立於現在，不需要承擔不存在的、或者被遺忘的、又或被吞噬的過去與未來。

不是追回，沒有什麼追得回時間……

為什麼？為了認識不過眨眼時光的人，為什麼能做到這樣的地步？他有什麼好的，還不是把你當作蠢人耍弄了一世？

你雖然轉世做了凡人，但骨子裡不依舊是孤虹嗎？就算身體是凡胎肉身，但魂魄完完全全就是孤虹，不是嗎？

孤虹也許不是什麼睚眥必報的人，卻也絕不容忍被人隨意羞辱，到底中間是出了什麼差錯，怎麼能容忍被這樣對待？

他不過是一個自私的男人，連自己愛不愛你都不清楚的男人，你明明不需要這麼冒險，你明明知道應該繼續轉世投胎，只要在塵世裡度過千年……除了恢復昔日的法力，還有什麼能比這更重要？

你也知道這是飲鴆止渴，為什麼還要這麼做呢？

不甘心？有什麼好不甘心的？若是不甘心他踐踏了你，等一千年後殺了他洩憤不就好了，何必做這種蠢事？

還不是因為捨不下他！還不是因為你捨不下那段記憶！這個人，究竟哪裡值得你這麼付出？還是私心裡奢望這個自私的男人真的會愛上你？

愛……你愛他是嗎？你這麼做，只是因為愛他嗎？那種東西，什麼時候變得這麼重要了？

那種東西，只會讓人軟弱，只會讓人盲目。天地之所以有那一場巨變，還不是因為所謂的「愛」在作怪？

父皇愛上了火族皇子，最後一頭撞死在不周山上；太淵因為得不到想要的愛，化身妖魔，毀了上古眾神；你為了愛，居然為自己列了鎖魂陣留在世上，任由魂魄一絲一縷地附回殘缺不全的身體。

除了毀滅，再沒有第二種結果。愛，有什麼好的？

孤虹低下頭，張開了自己的左手。

蒼龍印！靈魂刻印，生死之約……

這是一種承諾，昔日的蒼王孤虹絕對不會下的承諾。

承諾不論生和死，靈魂都會與另一個人相繫……

怎麼會下這麼嚴重的約定？怎麼會為了別人，連什麼都不顧了？

一萬年的苦心毀於一旦，你就真的半點都不曾猶豫嗎？半顆心什麼時候有這麼大的作用，除了法力，竟然連情感也能受到這麼強烈的影響？

真想知道，在那短短的百年間，發生了什麼。

畢竟，彈指的片刻，一切這樣天翻地覆地變化了，實在太令人措手不及……

眼角猛然閃過異樣的光芒，打斷了孤虹的思緒。

他抬起頭，看往東南面的天空。萬丈光芒匯成光柱直沖雲霄，像是要把天破開一個洞來。

「逆天……」他喃喃地說著。

穿過結滿堅冰的綿長隧道，走進了一座宛如冰宮的洞穴。冰雪階梯的下方，就是用紅色繪成的巨大陣型。

這個，就是青鱗所說的逆天返生之陣吧！

原來陣式還沒有發動，只是剛剛完成，不過是讓人借用了一部分的力量使用了高深的法術。

倒在陣中的，就是列陣之人嗎？

那個人……

「孤虹。」

孤虹轉過頭，看見了一身白衣，神情冷若冰霜的寒華。

寒華並沒有多說什麼，越過他往陣中去了。孤虹看著陣中那道藍色的纖細身影，不知不覺也跟了過去。

他聽見那人嘆息似地喊著寒華的名字，滿目憂傷地看著寒華。他看見寒華把那人抱在懷裡的時候，那人淡淡地微笑。

他聽見寒華問，情愛，究竟是什麼？而那人回答，你不需要明白，只是願意來見我一面，也就足夠了。

寒華告訴那人，你會魂飛魄散，永不超生。而那人的回答，孤虹沒有聽得完全。那人就這麼散為光塵，消失在了寒華懷裡，最後似乎說了一句，不曾後悔……不曾改變……

不曾後悔……孤虹的心微微一酸。

或許缺失了半心，他開始變得軟弱而易於迷惘了。曾經可以毫不在意別人的生死，可以毫不猶豫殺死自己兄弟的他，不過是因為一個素不相識的人在面前消失，也能毫無理由地覺得悲傷。

興許就是這個原因，所以自己才沒辦法動手殺了青鱗吧！

「孤虹，我們兩個又變得孤孤單單了啊。」

孤虹一愣，回轉了身。

那是穿著一身黑衣的男子，容貌和消失的那人有八九分相似，一看就知道脫不了關係。

奇怪的是，這副容貌在那人身上給人恬靜淡然的感覺，但在這人臉上，偏偏多了幾分張揚和狂傲，顯得相當不稱。

這個人，自己並不熟悉，但是他身上有一種很熟悉的味道，那雙太過明亮的眼睛，也是越看越眼熟。

「赤皇？」孤虹愕然地說道：「你竟然還活著？」

「很抱歉，我還活著。苟延殘喘的赤皇，最後還是不得不變回了喪家犬。」黑衣人笑了一笑，孤虹在那裡面看到了無限的苦澀。

要是以前有人告訴他，狂妄成性的赤皇熾翼也會笑得這麼苦、這麼澀，他怎麼也不會信。但是他現在親眼看到了，素來以愛恨分明、性格暴烈著稱的火族赤皇，連笑都不會笑了。

笑得這麼慘痛、這麼模糊，根本分辨不出是在笑……還是在哭……

「都是你這個孤寒鬼帶來的霉運，孤虹孤虹，你自己孤孤單單也就算了，為什麼要讓我也和你一樣呢？」

眼看著熾翼揚起了手要敲過來，不知為什麼，孤虹沒有想過要閃避或者還擊。但沒有像預期的那樣被敲到，熾翼的手在碰到他頭髮的那一刻張了開來，滑到他的肩後，用力地摟住了他。

孤虹的臉上一片驚愕的神色。

他和熾翼都是戰將，光是在戰場上兵戎相見就不知有多少回，哪怕水火兩族相安無事的日子裡，見了面也不是動武就是鬥嘴。別說是擁抱，靠近些也會覺得相互厭惡。

就算今天不再是需要以命相搏的死敵，這樣徹底的轉變，也太離奇了吧！更讓他驚訝的，是頸邊溫熱的濕意。

赤皇……真的在哭……

「你哭了，為什麼？」問到這裡，孤虹已經覺得後悔。赤皇的脾氣，他向來清楚。

「他死了……他最終還是死了……」出乎意料，熾翼並沒有因為他的問話而雷霆暴怒，只是以帶著顫抖的聲音說：「世上該死的人這麼多，為什麼死的那個不是我，也不是你，偏偏是他呢？」

「我不明白你說什麼。」孤虹敢發誓，他真的不明白到底出了什麼事了。有離開得那麼久嗎？久到所有的一切顛倒了過來。應該熟悉的，變得很陌生；應該陌生的，卻刻到了魂裡。

「怎麼辦呢？」熾翼的聲音茫然而無措：「無名死了，惜夜還有什麼理由活著呢？」

「赤皇……」孤虹清清楚楚地感覺到了熾翼顫抖的身體。

「赤皇或者蒼王，早就死了，不是嗎？」熾翼終於抬起了頭，眼角的淚水看來那麼不真實：「我們兩個，不是在一萬年前就該死了嗎？我們是護族神將，難道不應該殉族而死嗎？要守護的東西全部消失了，我們又有什麼理由活著呢？」

孤虹看著他，那些話像尖針一樣刺進了他的胸口。

護族神將，是為了守護族人而存在的，沒有需要守護的東西，為什麼還要有守護者呢？

「赤皇，不要說了！」

「赤皇？你看我這個樣子，還能算是赤皇嗎？時間能夠改變一切，原來竟是真的。」熾翼放開他，從頭到腳看了他一遍：「孤虹，你雖然看起來沒什麼變化，可是也已經不一樣了吧！你還是愛著他的，對不對？」

「我才……」沒有這兩個字，在嘴邊繞了繞，沒能說出來。因為就要說出來的時候，腦海裡閃過了一個影子，深綠色的影子……

「你沒有殺他吧！」熾翼只說了一句：「你沒有殺他，那就代表你愛著他。」

孤虹愣住了，眼睛裡有了慌亂。

他沒有殺了青鱗，那是因為……是因為……

他在腦海裡尋來找去，竟是半天也找不出半個理由。

「你和我鬥了幾萬年，沒有輸給對方，卻都敗給了上天。上天喜愛捉弄我們這些自以為是的人，你不把任何人放在眼裡，他就讓你愛上一個不重視你的人。我誰都不願相信，卻偏偏栽在了一個時時刻刻想著要算計我的人手上。」

熾翼笑著說：「我一直不喜歡你，是因為我們兩個人很像。骨子裡，我們一樣驕傲自大，一樣目中無人。我討厭我自己，所以也討厭你。你的理由，應該和我一樣吧！」

孤虹目光複雜地看了他一眼，很快移開了視線。

討厭的赤皇，他那種猖狂的樣子，就像是世上沒什麼人進得了他的眼睛。自以為了不起，其實不過是需要時才被想起的傀儡，只是空有頭銜的棋子，有什麼值得驕傲的？

哪怕生為嫡子，如果擁有令人畏懼的力量，再怎麼努力也只能永遠屈居於護族神將的位置。征戰時被視為英雄，可安逸時還不是被排斥在眾人之外？

孤虹令人討厭的地方，又何嘗不是這些？孤虹的悲哀，和赤皇又有什麼不同？厭惡彼此，不過是在對方的身上看到了自己的影子。

「我們都是可悲的，別人永遠只能看見蒼王或者赤皇，他們看不見孤虹或者熾翼。我們心裡卻明白，蒼王或者赤皇不過就是虛名，可以是任何人，只有孤虹或者熾翼，像是孤孤單單的彩虹或者著了火的翅膀，才是我們本身。」

熾翼和他說著話，眼睛卻看向他身後的某個位置，嘴角帶著嘲諷的微笑。

「所以，我們才會因為某個人的刻意假裝，以為他透過這些華麗的名字，透過這些偽飾的驕傲，看到了我們真正的樣子。

「因為他說了，不論你是什麼人，不論要用什麼樣的手段，不論要面對怎樣的困難，都要和你在一起，我們才會頭腦發熱地信了他，把驕傲、尊嚴，連命都都雙手奉上。等到發現一切都是騙局，卻是已經晚了，連收都收不回來……除了賠掉性命，還能有什麼下場？」

「沒有……我沒有……」孤虹慢慢地搖頭：「你說的這些，沒有發生在孤虹的身上。就算是傅雲蒼，也不過是被塵世迷惑了心智，一時沒有識穿那個騙局。」

「先別急著說沒有，傅雲蒼不就是孤虹嗎？你把自己和他分得那麼清楚，還不是因為不願承認自己愛上了一個讓你賠上一切的人嗎？」

熾翼冷笑著，不知是不是在嘲笑他自欺欺人。

「如果不是那麼驕傲，不是那麼不願接受這種結局，蒼又是從哪裡來的？照你的性格，若只是怨恨，你又何須……」

「夠了！」孤虹雙眉一抬，目光中滿是怒火：「不過是他吃了我的半心，我才會對他有別樣的感覺，否則的話，我又怎麼會愛上他？」

「你還是承認了……他一定對你說過，他對你也有著特別的感情吧。」熾翼輕聲地嘆了口氣：「孤虹，你不用害怕的。」

「我怕什麼？」孤虹冷哼一聲：「熾翼，別以為我沒有一見面立刻和你動手，你就能在我面前胡說八道了。」

「難道你告訴自己，你愛上他只是因為他吃了你半心的時候，都沒有想過嗎？如果他真的愛上了你，是不是也是因為吃了你的半心？」

孤虹愣住了。

「你沒有想過對不對？」熾翼用一種無奈的目光看著他：「其實你很清楚，不過就是半顆心，或許能夠包含你的一半力量，但是情感，絕對不在其中。要是給誰吃了半顆心就能讓他愛上你，我就算強迫也要讓他吃下去，又何須白白浪費了我的心，變成今天這個樣子？」

「胡說……」孤虹辯駁著：「我不可能真的愛上他，就算要愛，我又怎麼會愛上那樣的人？」

「那你要愛上什麼樣的人呢？這世上最溫柔、最懂你、最會珍惜你的人嗎？」熾翼的眼裡再一次湧動著悲傷：「不錯，你遇上了，可是沒有在對的時候遇上。你遇上那個人的時候，已經太遲了。」

7

孤虹順著他的目光望去，在陣型的中央，有一件藍色的衣裳。

那個人的笑容，像是你心裡最柔軟最溫暖的部分，溫柔得讓心都開始痛了。

要是愛上的是這個人……如果愛上的是他，那麼，也就不會……

「可你的心早就被一個人占了，他先是吃了一半，然後騙走了另一半。你的心，早就給全都了那個人。最溫柔的那人，終究也不是你愛的。你愛的，就只是那個可恨的騙子而已。不是嗎，孤虹？」

「我不知道！」孤虹的目光從茫然變成了銳利：「是因為蝕心鏡……我被蝕心鏡照了幾百年，什麼都不記得了，就算愛過，也都結束了。我不再是傅雲蒼，也不再愛他，就是這樣而已。」

「孤虹，那不過是一面鏡子。」他的固執讓熾翼覺得好笑：「它只能讓你受傷，不能決定你還愛不愛誰。」

「什麼都會跟著時間改變。」孤虹握緊了掌心，手心裡全是冷汗：「蝕心鏡吞噬了我的轉世的時間，我既然變回了蒼王孤虹，就和傅雲蒼什麼關係都不會有。他對我來說，就是個可以消除的錯誤。」

「消除了嗎？孤虹，你真的變回蒼王了嗎？」

孤虹猛地抬起頭，直勾勾地看著熾翼。

「你的心呢？真的長回了完整的形狀嗎？」熾翼目光黯然：「孤虹，不過才一百年，時間相差得實在是太遠了。你做不到的，用不著騙我，你的心……

還是缺失了一半。」

「你……怎麼會……」孤虹退了一步，臉上的驚駭沒能立刻掩飾過去。

「雖然你們純血的神龍看起來和我們火系神族一樣，可以暫時不依靠心臟生存，但終究無法像我們一樣浴火重生，擁有新的身體。」熾翼嘆了口氣：「雖然你的法力高深，但要維持失去半心的身體也極為困難吧，所以才會冒險依靠蝕心鏡來恢復完全。」

孤虹側過頭，看了身後站著不動的天青色身影一眼。

「與其失去半心，力量喪失而死，不如賭上一賭。如果不是出了差錯，一千年後，我本可以完全恢復，只可惜我最後還是沒能賭贏這一局。」他朝那人冷冷一笑：「太淵，你還是最大的贏家。」

「不是……」太淵朝前走了一步，臉上沒有平日裡刻意的笑容，整個人看來陰沉冷漠：「其實你本來有兩次機會扭轉劣勢，只不過你自己選擇了放棄而已。」

「這句話由你來說，實在格外刺耳。」孤虹轉過頭，不想繼續搭理他。「任你舌粲蓮花，也不過是在撇清罪責。」

「不是嗎？」太淵的眉宇之間竟似多了一絲急切：「當年就算青鱗挖了你的半心，但你還有餘力反擊和殺了奇練。若是那時趁著奇練未死，用他的龍心來償，你非但不會喪失法力，反而受益無窮。可你沒有那麼做，白白浪費了機會。

「這倒算了，奇練總是兄長，你們從小一起長大，就算沒有情誼，也有割不斷的血緣相繫。可青鱗呢，你為什麼不向他追討半心了？只要告訴他，這樣下去你會漸漸死去，他一定會捨棄性命來救你，他對你的……」

「不許胡說！」孤虹聽到這裡，猛地轉身，神情憤恨：「你再胡說八道，我一劍刺穿了你！」

「是三個吧，還有一個機會的。」說這句話的竟然是熾翼。

孤虹眉頭一皺。

「你是純血龍族，你的法力加上蝕心鏡的確可以逆轉生死。三百年前，傅雲蒼死去，靈魂脫離了軀殼，若是那時你沒有勉強重聚魂魄，只是二十年後回魂，受到的反噬絕不會像今天這樣嚴重，最多不過是花費時間精力從頭來過。」

熾翼低聲地說道：「不過，那個時候的你意識深處，還是害怕被青鱗害死後立刻回到孤虹的身體之中，心裡的怨懟無法抹除，加之青鱗的奪心之恨，他的性命十有八九會斷送在孤虹手裡，所以……」

所以，傅雲蒼列陣鎖魂，不容孤虹復生。

竟是自己困住了自己，竟是自己殺死自己……再怎麼不願承認，還是不得不直接面對這個令自己痛恨無力的選擇。

傅雲蒼就是孤虹，這是傅雲蒼的選擇，他選擇了為青鱗而死，也就是孤虹要為青鱗而死……孤虹，你真是蠢得無藥可救！

孤虹用力地閉上了眼睛。

「事到如今，說什麼都是枉然。」他沉寂片刻，睜開眼睛，挑起了眉角：

「我用蝕心鏡時就很清楚，這種事逆天而為，本就是毀多成少。與人無尤，毀在自己手上，我也不算冤枉。既然這世上不再需要我，魂飛魄散了也好。」

「蒼王就是蒼王，到了這個時候還能這麼瀟脫。」熾翼湊到他的身邊，明亮的眼睛一眨不眨地盯著他看：「可是你這麼瀟脫，不覺得殘酷嗎？畢竟，或許這世上不需要蒼王了，可是青鱗一定是想要孤虹的。蒼王若是死了，可能沒有人會在意，但孤虹死了，青鱗一定會覺得傷心。你真的忍心嗎？」

我知道我對不起你，也知道你心裡恨我，但你可還願意給我一個機會？這一次，我向盤古聖君起誓，絕不再辜負你了……

……我之所以沒有親自列陣，只是不想讓你一個人活過來，我卻死了。這麼做雖然自私了一些，可只要能和你在一起，我什麼都不在乎……

青鱗……真的會覺得傷心嗎？這一次……為了孤虹的死去……

「赤皇，我和你這樣客氣地說話，不過是看在你曾經是一個出色的對手。」

孤虹壓低了聲音：「不代表你有權對我的所作所為品頭論足。」

「你這麼固執驕傲，他以後一定會很辛苦。」熾翼看著他眼裡的猶豫一閃而逝，嘆著氣說。

「什麼？」孤虹不解地看著他。

「孤虹，還有辦法。」熾翼在他耳邊輕聲地說：「還有第四個方法。」

孤虹還在疑惑，只覺得被一股力量扯動，身不由己地往陣心飛去。

「熾翼，你要做什麼？」耳邊只聽見太淵氣急敗壞地在喊。

什麼事會讓太淵這麼著急？

一站穩，孤虹就轉頭看去。

自己原先站立的地方矗立起一道金色火牆，熾翼站在火牆內，而透過虛幻不實的火焰，太淵被隔在了另一頭。

這火焰，是赤皇的無妄之火。

「不許！」太淵想靠過來，卻被火焰散發的熱氣逼退了一步：「熾翼，不許你做蠢事！」

「住嘴！」就算孤虹看不見熾翼此時的表情，也能從語調中聽出，他此時一定是聲色俱厲：「太淵，你憑什麼這麼和我說話？再怎麼說，我父皇死後，我已經繼任火族神位。我早就該把你碎屍萬段，血祭那些死在你手上的上古眾神！」

「你！」

孤虹眼裡看得分明，太淵臉上的神情變過無數，顯然是被赤皇的意外之舉攪得方寸大亂。

「你到底要做什麼？」孤虹問道。

「逆天返生，可以挽回一切。」熾翼回過頭，面對著他：「你信嗎？」

「聽說這個陣，可以召回一切死於虛無之力下的魂魄。」說到這裡，孤虹停頓了一下，然後慢慢地說道：「也能讓一切殘缺，歸於圓滿。」

「召回亡靈，求得圓滿……一切的殘缺都能歸於圓滿。只可惜，列下陣式的、發動陣式的，都必須用性命來成就這召回和圓滿。」

熾翼走了過來，看著腳下藍色的衣裳，嘴角泛起了微笑。

「無名列了陣，他死了。我原本不信世上會有不求回報、一味付出的感情，可是他讓我見到了。原來，情愛到了深處，哪怕在對方的眼裡如何微不足道，也不會因此怨恨不滿，甚至只是因為一個承諾，都能笑著把命都給了對方。」

「赤皇，我和你並不是如何親密。」孤虹隱隱約約猜出了熾翼的用意，這種想法讓他無法接受：「我告訴你，我才不要欠你的情！」

「沒關係，我也沒指望你領我的情。」熾翼停在他的面前：「孤虹，你比我幸運，至少你活著，會有人覺得開心。我死了，也沒人覺得可惜。」

「你不是活得不耐煩了吧？」孤虹退後一步，皺著眉問：「這可不是一時興之所至可以隨意決定的事，哪怕你能重生，也會徹底死在逆天返生陣裡。」

「說得好！我就是要這徹底。」熾翼直視著他，一雙眼睛明亮如火：「徹徹底底地死去，這一次，我不要重生，不要希望。」

「為什麼？」重生、希望，為什麼不要？

「希望活著，是因為有值得守護、值得期待的東西存在。」熾翼笑了起來，一如當年還是火族赤皇時般張狂：「我沒有了一切，活著根本沒有意義。」

孤虹看向火牆後的太淵。

太淵站在那裡，沒有再試圖越過火牆。

「不必看他，不是因為他的緣故，要是為了他去死，我早就連骨頭都不剩了。」熾翼彎腰抓起地上那件衣衫，露出溫柔的表情：「還好，我沒有為他去死……總算等到了值得守護的……」

「你對這個人……」孤虹又看太淵，看他臉上複雜的表情，覺得其中隱藏了些什麼：「我還以為你是因為太淵……」

「不是！」熾翼將衣服摟進懷裡：「要是無名願意說他愛我，我這一生絕不會辜負他。只可惜他不會說，我再怎麼要求，他也不會……因為他最愛的人，始終不是我。」

「你也會殉情？真是蠢……」孤虹的心裡驀然一動。

「就當我是殉情……」

「熾翼。」熾翼的話還沒有說完，就被身後的太淵打斷了。他的聲音像是滿含壓抑：「你要是真敢為了那個人而死，我絕不會放過你。所有的人，有關聯的人，都會為你所做的事賠上性命。你最好想清楚了。」

「一萬年了，太淵，你以為一萬年還不夠我想清楚？」熾翼嗤笑了一聲：「隨你要殺誰吧，反正我看不到了。再說，你要是能列出我在意的人來，我與許不會想死了。」

太淵渾身一震。

「太淵。」熾翼低聲地說了一句：「你忘了?你殺光了我所有的親人、下屬、朋友，奪走了我的一切。是你逼我去死的，太淵。」

太淵的嘴張了幾回，還是沒能說出什麼話來。

第一次看見太淵居然也有說不出話來的時候，孤虹有些明白青鱗之前所說的那些話的意義。

……有時候，我們並不知道自己想要什麼，也許等得到了，才是痛苦的開始……

孤虹突然想到了一件事，一件看來和這一刻局勢完全不相干的事。

有一年，千水之城舉辦了一場宴請火族的宴會，他在花園裡，見過赤皇摟著哭泣的火族公主回舞，還有……躲在一旁的太淵。

很長一段時間，這件事總是在他腦海裡浮現，總覺得有什麼不對。直到這一刻，他才知道究竟不對勁在什麼地方。

太淵眼裡瞪著的不是赤皇，而應該是他懷裡的回舞……經過了這麼多年，太淵還是不知道自己真正想要的是什麼吧！

這時，熾翼伸出了自己的右手。纏繞在他臂上的鞭子勒到了肉裡，鮮血沿著鞭子流下，濺落到地上。鮮血被地上朱砂繪製的圖案吸附了進去，形成了一種格外豔麗的紅色。

「赤皇！」孤虹想阻止，卻被他袖中鑽出的黑紗困在了原地。

「我只是順便救你。你能活下去很好，要是你活不了，我也沒辦法。」熾翼看也不看他，只是盯著自己流血不止的手臂：「這個陣一定要用我的血才能激發，你真是交了好運了。」

「赤皇，你這個瘋子！」孤虹抽出長劍，卻斬不斷那條看來輕薄的黑紗。

「你現在知道，以往對決，我每次真的都是手下留情了？」熾翼得意地笑著。

「你敢看不起我！」孤虹大怒，用力斬著黑紗。

「不是看不起，我很欣賞你，一直都是。」黑紗被收回了袖中，熾翼站在那裡，笑著對他說：「孤虹，好好活著吧！」

孤虹愕然，知道陣式已經發動。看到熾翼倒了下來，他直覺地扶住。

熾翼手上的傷口自行裂開加深，不住地往外流血，鮮血鑽進了地上的逆天返生陣裡，任他怎麼止也止不住。

文字裡開始透出光芒，還如同活了一般開始慢慢移動。層層疊疊的文字就像巨大的羅盤，交錯著往相反的方向轉動。

雷鳴從洞穴外傳來，一聲高過一聲地響亮，像是要把這座山擊穿了一般。

火牆在太淵面前消失，他急忙衝進陣裡，卻在踏進陣中的第一步，就被彈飛了出去。他重重撞到一根冰柱上，吐出了一大口鮮血。看到陣心的熾翼已經閉上了眼睛，又一口鮮血湧了上來，被他硬生生咽了回去。

就在他起身想要再試一次的時候，眼前出現了白色的身影。

寒華站在他的面前。

太淵心中一凜，這才發現自己竟然完全忘了最強的敵手還在。

「你想怎麼樣？」太淵橫劍當胸，深吸了口氣。

「我們還沒有打完。」寒華冷冷地回答：「我答應熾翼在天亮之前停手，現在已是拂曉，你和我還是要分出一個勝負的。」

「我暫時不想和你打了。」太淵握緊劍柄：「我們可以擇日再鬥。」

「不行，說好了分出勝負，我不容你半途反悔。」寒華以掌代劍，一掌劈了過來。

太淵狼狽閃過，知道對付寒華不能分心，只能勉強定下心神，和寒華打了起來。

蒼龍怒

8

這邊鬥得激烈，陣中的孤虹卻有些不知所措。

要他受赤皇恩惠，他實在是千百個不願，但現在宿敵就倒在眼前，而且是為了救自己的性命，他的心裡說不出是什麼滋味。

層層光芒從陣心向外延展，豎起的一道道光柱很快就把陣中兩人的身影遮掩住了。

太淵分神一瞥，被寒華抓到破綻，一掌擊在他的肩上，逼得他吐了一口鮮血，踉蹌後退了幾步才穩住身體。

「停手。」就在這個時候，聽到有人這麼說。

寒華和太淵各退一步，一齊朝發聲處看去。

墨綠色的衣衫、墨綠色的長髮，半邊臉上有著燒灼過後留下的疤痕。

「青鱗，你出現得還真是時候。」太淵冷笑一聲，上下打量著他：「原來你還有手臂可以用，青鱗一族的能力時常令人吃驚呢！」

「不錯，我是早就來了。」青鱗看著被光芒遮掩的逆天返生陣：「我又怎麼會放心讓孤虹一個人對付你？」

「這陣式是你教那個凡人列的吧！」太淵目光一閃：「你到底是安什麼心？」

「他居然會為了救孤虹發動陣式，我還真沒有想到。」青鱗答非所問：「狂妄任意，不愧於赤皇一貫的作風。」

「你早就知道了……」太淵皺眉：「你什麼時候知道他還活著的？」

「不是很久，不過就兩百年左右。」青鱗面無表情地說完，瞥了太淵一眼：「說真的，雖然他性格極差，至少敢愛敢恨，你這樣的奸詐小人還真是一點也配不上他。」

「你知道了兩百年，居然沒有告訴我。」太淵竟然笑了：「好！你好啊！青鱗！」

「說這句話的時候，你有沒有捫心自問，你哪裡有說這句話的立場？」青鱗也笑了：「我們兩個都不是什麼好人，互相欺騙實屬平常，有什麼好不好的？你三番兩次地騙我，害得我懊悔一生，我沒有告訴你他還活著，不過是讓你說句好，怎麼看我都是吃了大虧。」

「停下陣式。」

「你急糊塗了吧？」青鱗搖了搖頭：「逆天返生之陣開啟，不論成功失敗，都要有了結果才能停下，你又怎麼會不知道呢？」

「你是虛無之神的後裔，一定有辦法停下陣式。」太淵搶上一步，把劍架到了青鱗脖子上。

「你想殺我？」青鱗轉頭看他，毫不在意自己的脖子被劍刃劃出了血痕。「你要阻止陣式是為了誰呢？為了赤皇嗎？他不向來是你的眼中釘肉中刺，你這個時候氣急敗壞地要救他，又是什麼意思呢？」

「閉嘴！青鱗，你停還是不停？」太淵額角的青筋暴了出來，大有他一說不就斬下他頭顱的架式。

「別說我不能停下，就算能，我也不會停。」青鱗毫無懼色地說著：「只要能救孤虹，死一千個赤皇又算得了什麼？」

「你！」深知青鱗難以打動，太淵一時無計可施，心裡只想把他砍成十七八段。可想到青鱗也許是唯一能解陣的人，只能拚命忍住一劍砍下去的欲望。

「只可惜，死一千個赤皇也不行。」青鱗垂下眼簾，輕聲嘆了口氣。

太淵聽出了話外之音，連忙收起長劍，問他：「你這話是什麼意思？」

「把冽水神珠給我。」青鱗直截了當地說。

「你要那個做什麼？」太淵一愣，眼裡不免露出狐疑。

「你是要救赤皇，還是要冽水神珠，自己選吧！」青鱗淡淡地說：「你可要想清楚了，哪個更加重要？」

太淵看著被光芒包圍的陣式，眼角一陣急跳。

冽水神珠事關重大，萬一……可是如果熾翼死了……

眨了下眼，太淵手腕一轉，手心多出了一顆瑩白美麗有如冰雪的珠子，遞到了青鱗面前。

青鱗取到手中，竟又看向寒華。

「我還需要炙炎神珠。」他朝寒華說道。

「不行。」寒華搖頭拒絕：「炙炎神珠是祝融精魄凝聚，性質不穩，一旦發生異變，孰難預料後果。」

「若是赤皇或者孤虹死了，後果就可以預料了嗎？」青鱗問他：「你覺得不值得冒這個險嗎？」

寒華沉吟片刻，再抬起眼睛的時候，炙炎神珠也出現在他的掌心。

青鱗取到了兩顆珠子，在太淵的驚呼聲和寒華的冷喝中一口氣吞了下去。

「你瘋了不成！」太淵衝到他的身邊，面如死灰地說著：「這兩顆珠子一寒一熱，性質完全相反，你是不要命了才把它們一起吞下去！」

青鱗的面色慘白一片，沒多做解釋，推開擋路的太淵，一個縱身往陣中飛去。

還未靠近陣式，劇烈的光芒就宛如利刃一般劃開了青鱗的衣衫和髮髻，更在他的臉上和身上留下了道道血痕。

但在融進陣中的那一刻，他身上的鮮血反倒發出了淡紅色的光芒，包裹著他的身形，強行進入了原本不可能闖入的逆天之陣。

「他進去了？」太淵不敢置信地說著，眼神裡不可避免地流露出了希望。

「原來炙炎、冽水，竟也是逆天返生陣裡必要之物。」寒華冷漠的聲音傳進了耳朵，讓他心裡一震。

還是被寒華看出了端倪……

「也不能說是必要。」太淵微皺起眉：「青鱗說過，若不是要召回亡靈魂魄，以求復生，是用不著這兩樣東西的。」

冽水、炙炎、龍鱗、鳳羽，四神物列於陣中，可成逆天返生。想到這裡，太淵的心如同以往每一次想到這些時一樣，猛地往下一沉。

眼前的光芒裡突然拋出了一道黑影。

太淵認出那是熾翼，無暇細想，飛身上前一把接住。被他接到懷裡的熾翼，明亮的眼睛緊緊閉著，蒼白的臉上沒有半點血色。

透過在空中飄舞的層疊黑紗，太淵像是看到了很久很久以前，那個總是被一片豔麗紅色包圍的火族赤皇……喜歡抿著嘴角淺笑，故意問些難以回答的問題，有意無意地捉弄他。

那樣的日子早已離去，不可能再回來了……

逆天之陣裡，青鱗和孤虹相距一臂之遙，面對面地站著。

「你進來做什麼？」孤虹望著他，從凌亂的頭髮衣物，到身上被割開的道道血痕。

「赤皇還是一樣任意妄為。」青鱗也看著他，極為認真地看著：「逆天之陣非同小可，一旦開啟，再也無法停止。」

「那你現在把他送出陣外，就是要阻止嗎？」

孤虹雖然始終不願欠熾翼的大恩，覺得他這麼做倒好，但不知為什麼，卻也湧上了一股難明的怨氣。

「還是你覺得我不值得他以命相救？也對，相比赤皇，我的存在也許沒什麼大不了的。」

這句話連他自己聽了也不舒服，說出了口，他的眉頭也皺到了一起。

「不是。」青鱗搖頭：「對我來說，要是死了他能夠救你，又有什麼好阻止的？」

「那些話……你都聽到了？」孤虹咬著牙說：「什麼情啊愛啊，赤皇他是糊塗了，一味胡說八道，你不會蠢到相信他的猜測吧！」

「不重要了。」青鱗微微一笑：「什麼都不重要了。」

「什麼意思？」孤虹瞇起眼睛，心裡隱約有一絲不安。

「愛，或者不愛，其實並非那麼重要。」青鱗輕聲嘆了口氣：「或者說，這就是世間萬物依循的規則。如同逆天返生之陣，要得到什麼，就需以同樣的東西作為抵償。」

「青鱗。」孤虹環顧周圍，發現情形不對：「逆天返生陣為什麼還沒停下？」

「我說了，逆天之陣一旦開啟，是沒有辦法停止的。」青鱗仔仔細細地看著他，像是從來沒有看過那樣地仔細：「啟動這個陣式，就要有殞命的打算，除去一死，再也沒有第二種選擇。」

「赤皇他不是被你送出陣了？啟動者離陣，為什麼還不停下？」孤虹的眉頭越皺越緊。

「因為他不知道，如果是用在你的身上，這個陣式就不該由他啟動。他是火，你是水，你們天性相剋，他怎麼救得了你？」青鱗回答：「如果他一意孤行，只會讓你們兩個都被困死在逆天返生陣裡。」

「什麼？」孤虹心裡一驚。

「啟動這個陣的，應該是和你血脈相繫的人。」青鱗淡淡地說：「可惜你還活在世上的兄弟只剩下太淵一個，而他不可能自願犧牲性命來救你。」

孤虹突然低下了頭，青鱗也不再說話，只是看他。

「滾出去！」孤虹的嗓子有些沙啞。

「不行。」青鱗清清楚楚地回答他。

「青鱗！」孤虹抬起頭，咬牙切齒地說：「你給我滾出去！」

「不可能了。」青鱗輕聲地說：「現在，誰也沒有辦法阻止了。你我各有相連半心，逆天返生之陣，已經完全開啟了。」

他的手放在自己胸前，微笑著說：「這都是註定的。我食了你的半心，遲早要加倍償還給你。」

「這種償還，我不需要！」孤虹狠狠地瞪著他：「我會親手挖出你的心，叫你知道虧欠我的下場！」

「一樣的。」青鱗想要伸手去碰他，最終卻還是垂放到了身邊。

「青鱗，你最好不要惹我生氣。」孤虹握緊了手中長劍，朝四周看著：「快告訴我，怎麼才能把這個該死的陣停下來？」

「沒有辦法的，現在已經不可能停下了。」說完，青鱗捂住自己的嘴，吐出了一白一紅兩顆閃閃發光的珠子。

「洌水……炙炎……」孤虹的臉一下子發白：「你怎麼……」

「你把這兩顆珠子收好，這是水火二神精魄，只要你慢慢吸收它們的靈氣，有朝一日，再沒有人能是你的對手。蒼王孤虹，會是萬神之首。」

青鱗抓過他的手，把珠子放在他的手心。

「而且只要有這兩顆珠子在，太淵就算再聰明，也不可能再次啟動這個陣式。你一日把它們握在手裡，就是把太淵握在手心，不論你想怎麼對付他，都不是問題了。」

寒冷和炙熱兩種感覺在孤虹的手心裡交融流轉，他愣然地看著面前的這個男人。

這個人先是為了增強法力，挖了自己的半心，又三番兩次踐踏自己轉世為人時的一片痴心，害得自己無法恢復不說，更是只能等著魂飛魄散的下場。

可是，都到了這個時候，他居然還想著為自己安排好一切，然後再去死。

自己該高興地笑，還是……該狂暴地怒？

孤虹張開了嘴，卻發現自己什麼都說不出來。

「我從來沒有為你做過任何事，我也知道，這無法和我給你的傷害相比，但我只能為你做這些了。這一次，就算是……就算是……最後一次……」

青鱗的笑容在孤虹的目光裡凝滯，他勉強地抬起嘴角：「孤虹……」

「閉嘴！」孤虹甩開他的手，連帶著把那兩顆珠子都甩到了一邊：「你想補償？太晚了！」

青鱗嘆了口氣，手一招，把被他拋開的珠子召回了手裡。一絲鮮血從嘴角淌下，他側過臉，順勢用指腹抹去了。

孤虹用力閉上眼睛，只覺得有一股壓抑不住的怒氣從心裡湧了上來。

這愚蠢的……簡直蠢得不能再蠢！

用命來抵償就可以了？他以為這樣就可以一筆勾銷了？他以為可以就這麼算了？簡直就是作夢！

「孤虹！」青鱗踏前了一步：「你做什麼？」

只看見閉目站著的孤虹身後，正有什麼漸漸成形。

巨大的角、鋒利的爪、長長的鬃鬚，覆蓋全身的鱗片泛著美麗光華，慢慢舒展開的龐大身軀幾乎能遮天弊日。

那是……

陣外的太淵和寒華仰頭望去，瞧見了光芒裡隱約閃現的龍形。

「他召出真身了？」太淵愕然地問：「出什麼事了？他此刻化龍，是想要做什麼？」

寒華沉吟不語，目光中同樣有一絲疑惑。

蒼龍緩緩睜開雙目，仰頭長吟了一聲。那吟聲高亢清亮，直破雲霧，聲震九霄。

隨著這聲響徹天際的龍吟，蒼龍一甩鬃鬚，直往上方衝去。龍首和籠罩陣式的光芒相撞，轟然巨響後，陣式巍然不動，蒼龍卻被衝擊的力道逼退。

蒼龍被激怒了，不斷地用身軀撞擊著無形的光芒屏障。

光芒雖然隨著他的撞擊往外擴張，卻又迅速收攏回來，就像一張巨網，牢牢地把蒼龍困在陣中。

蒼龍的身體不斷變大，陣式也跟著變大，直到整個布陣的洞穴再也容納不下……

一陣地動山搖，巨龍一個甩尾，將整座山都擊穿了一個大洞，可是金色的光芒還是牢牢地裹著它。

看這個法子不行，蒼龍只能縮小身形，又開始用力撞擊。

不過一刻，美麗的蒼龍已經遍體鱗傷，卻還是不依不饒地撞著，想要硬破陣式。

終於，在用盡力氣的一撞之後，蒼龍從高空墜了下來。

在落到地面之前，龍形隱去，地面上的孤虹單膝跪地，吐出一大口鮮血。

他抬起頭，滿懷不忿地看著青鱗。

始終和他相隔不遠的青鱗，用一種盛滿痛苦的目光看著他。

青鱗是在告訴他，一切已經成了定局。

孤虹低下頭，狠狠一拳砸在地上。

「我不會感謝你的。」孤虹的聲音低低沉沉地傳了過來：「青鱗，你給我記著，我永遠都不會感謝你的。」

青鱗扶起孤虹，將他摟到了自己的懷裡，然後長長地嘆了口氣。

「雲蒼，我只想告訴你，也許有許多的事我會後悔，但只有一件事，我從沒有後悔。」青鱗在他耳邊說著：「那就是在三百年前，我遇到了你……」

光芒消失得那麼突然，一如開始。

陣式還是陣式，用紅色的朱砂繪製在白色的冰面上，但山洞上方卻破開了一個大洞，落下的石料碎片把四周砸得一片狼藉。

光線從上方灑落，在四周冰壁的映襯下，越發顯得剔透美麗。

沒有一點聲響，連風聲都沒有，整個世界安安靜靜。

孤虹慢慢地伸出了左手，微涼的白色碎雪落到了他的手心。他看著雪被自己的體溫融化，聚合在一起，變成了晶瑩的水，像是要填滿他掌心的刻痕。

他仰起頭，看著雪花從上面落下來，一片一片……

那一年臘月，站在一片被白雪覆蓋的梅林前，他聽見有人吟詩。那人說：

「朔風如解意，容易莫摧殘。」

在細碎落雪裡看見的第一眼，就註定了和對方再也糾纏不清……

成親那天，那人衝了進來，當著滿堂賓客的面，要求自己和他一起離開。那驚世駭俗的宣言、那熱烈急切的目光，迷惑了早已動情的自己。

最終還是離開了，只是因為知道了一切都是騙局。這個人非但嘲笑了真心，唾棄了感情，連他搖搖欲墜的生命也一同帶走了。

從此，世上多了一個鬼魂，一個沒有過去的鬼魂，一個不善記憶的鬼魂。就算是這樣，也並不代表一切的結束，或者說，一切只是剛剛開始。

還是在梅林，下著雪，再一次遇見了他……

哪怕過去了百年，哪怕容貌不復當初，可在靈魂深處的刻印上，依舊深深地刻著這個人的名字。

忘了也就是還記得，人死了，心卻還活著。

為這個人死去，又為這個人活著，這是多麼矛盾的事？這是多麼矛盾的感情？有多麼恨他，也就有多麼愛他！

愛和恨，也許本就密不可分。

從什麼時候開始愛的？開始那黏膩痛苦又無法捨棄的愛？也許是遞來的那一枝梅花，也許是窗外那一聲低低的嘆息……

記不清了，只知道愛上了，然後再也沒有辦法說不要了。

以為可以瀟灑地放手，卻沒有料到這種感情是世上最難以擺脫的枷鎖，困住了自己，最終也困住了他。

這段感情，究竟是幸運還是不幸？雖然有無法原諒的欺騙和背叛，卻也有無法挽回的痛苦和犧牲。難道說，是自己的幸運，卻是他的不幸嗎？或者，這真的是兩個人的不幸……

如果問他，他會怎麼回答？如果他還能夠回答的話……

……也許有許多的事我會後悔，但只有一件事，我從沒有後悔。那就是在三百年前，我遇到了你……

他的回答，還是會和以往一樣地狡猾吧！

「你要是真的聰明，就不該做這種蠢事。」孤虹收回手，抱緊了依舊靠在自己肩頭的人，在他的耳邊說：「你這條沒腦子的笨魚，簡直就是蠢到家了。」

握住了那隻還帶著溫熱的右手，十指纏扣到了一起，感覺到那凹凸不平的刻痕，孤虹笑了。

「好了！」他笑著說：「青鱗，我們總算是兩不相欠了。」

雖然還債的時間長了點，可到最後，還是公平地清償了所有。

「孤虹。」熾翼站在他身後，輕聲地問：「你要去哪裡？」

「去我想去的地方。」孤虹走了兩步，停下來說：「從今天開始，這個世上再沒有蒼王，我也不會再插手你們的恩怨，誰死誰活，和我半點關係都不會再有。」

「那我問你，那兩顆……」

「太淵。」孤虹頭也沒回地打斷了他：「你覺得若是現在對我出手，能有幾分勝算？」

「半分也沒有。」太淵的臉色不怎麼好看，但還是老實地回答。

「那不就好了？」孤虹淡淡地說：「熾翼，如果你有朝一日想要這兩顆珠子，就來問我要吧。」

「我知道了。」像是瞭解到他的用意，熾翼露出了一抹略帶苦澀的笑容。

「寒華。」孤虹最後的一句話是對寒華說的：「像你這樣，或許才是最幸運的。可是不知道為什麼，我寧可像他一樣不幸，也不要像你一樣幸運。」

在這些複雜目光的相送之下，孤虹橫抱著青鱗，慢慢走了出去。雖然很慢，卻異常堅定。

他知道在他身後的這些人，還會在總也理不清的恩怨情仇之中糾纏很久，但其中屬於他的那個部分，已經完完整整地結束了。

「青鱗，我們回去了，山上的梅花需要人照顧呢。」他的嘴角帶著微笑：「這一次，我們會在那裡住上很久吧！」

陪著落下的白雪和盛開的梅花，或者只是在月色裡喝一杯茶，這些都是很耗費時間的事情。

這一次，真的會是很久很久了……

很久很久以前——

那是很久很久以前，在遙遠的東海，在遙遠的千水之城裡，火族的赤皇正乘著火鳳從天上直衝而下，目標是花園的一處水池。

「看我這回還不逮到你！」

眼看著一路追殺就要得手，他忍不住喜上眉梢。

突然，眼前一花，多出了一樣東西。座下的火鳳像是受到驚嚇，鳴叫著在半空翻了個身，差點把沒有防備的他摔下去。

「停下！停下！」手忙腳亂地安撫了受驚的火鳳，勃然大怒的赤皇大人一眼看去，發現了那個罪魁禍首：「孤寒鬼！又是你！」

那個少年雖然處在低位，卻是一臉傲慢無禮地斜眼看著他。那種傲慢無禮，再次讓平日裡要風得風的赤皇大人怒火中燒。

這臭小子！每次在他老爹面前對自己恭敬得噁心，沒人的時候又換上這種藐視的嘴臉，真讓人討厭！要不是有正事要辦，趁著四下無人，非得給這臭小子一頓好打！

「別擋住我捕食，閃一邊去！」赤皇哼了一聲，告訴自己不要和討厭的小鬼一般見識。

回應他的是一抹諷刺的微笑。

「喂，叫你閃開你沒聽見啊！」

依舊是横眉冷對。

「孤寒鬼！」看他這個樣子，赤皇倒有些狐疑起來：「你平時嘴巴不是挺利的，今天怎麼啞巴了？」

少年的嘴角抽動了一下，繼續用目光和他對峙。

「我知道了！」赤皇做出恍然大悟的樣子：「你的嘴巴太臭了，怕被我聞到笑你，所以不敢開口！」

少年臉上陣青陣白，可還是沒有出聲。赤皇又說了些打趣捉弄的話，見他反應越來越小，也覺得無趣起來。

「我說你到底讓不讓？」赤皇一生氣，也不管這是在誰家的地頭上，就當是對自己手下一樣呼喝起來：「再不讓，別怪我不客氣了。」

對方輕蔑地看著他。

一條火紅的鞭子毫無預兆地抽了過去。

其實赤皇還是手下留情了，他刻意放慢速度，就是讓這小子知難而退。

啪的一聲，衣物的碎片和著血光，隨著鞭子劃過的軌跡飛濺起來。少年居然動也不動，硬生生讓鞭子抽到了身上。

雖然沒有使用法力，赤皇的鞭子抽上去也疼痛非常，任誰挨上一鞭子都會痛不欲生，可少年骨頭倒硬，居然連眉頭都沒有皺一下。赤皇心裡佩服，火氣卻更盛了。

「孤虹！」他連名帶姓地喊：「你這臭小子！」

對方沒有否認，還是挑釁似地看著他。

又一鞭抽了過去，這回卻出乎意料，鞭子那頭被少年牢牢地抓在了手裡。

赤皇眼中的驚訝一閃而逝，然後，他笑了。

「孤虹，有你的！」赤皇一手摸過鬢邊火紅的髮絲，破天荒地用讚賞的語氣對他說：「他日，你會有資格和我一較長短。」

少年的眼裡流露出不解。

「現在不懂沒關係，你很快就會長大，也很快就會明白了。」忽略少年不滿的瞪視，赤皇手一揚，從他手裡抽回鞭子，順便留下了一道血痕。

「今天就這樣吧！希望你次次都這麼好運氣。」赤皇看著下方的水池，語帶雙關地說著。

說完，也不再停留，一個呼嘯，騎著火鳳轉瞬消失在城上的水霧中。

看他飛走了，少年轉身看著水池。慢慢地，水池裡開始閃爍著暗色的光芒，星星點點，煞是美麗。隨著光芒逐漸清晰明亮，一尾小小的怪魚出現在少年面前。

少年伸手抓住半透明的魚鰭，把魚從水裡抓了上來，放在眼前看了看。

魚身上的鱗片是少見的墨綠色，魚鰭這麼多，比這小魚的身子還大，怪模怪樣的。

難得被抓到手裡還乖乖不亂動的魚，可惜眼睛看起來像是被什麼東西給戳瞎了。

想了想，少年抓著魚繞出花園，走到了城池北面連著北海的石階邊。

一甩，就把小魚扔進了北海裡去。

他蹲著看那小魚浮了上來，繞了好一會才游走了。

「六皇子，六皇子！」

他轉過頭，看見是服侍自己的人。

「恭喜六皇子，大皇子他剛才說話了。」那人氣喘吁吁地回報著：「是六皇子贏了。」

「真的？」他跳了起來，一臉得意洋洋：「走吧，我要去笑話他！」和我鬥，不自量力！

「哎呀！六皇子，您果然受傷了！不要緊吧！」

「我換件衣服就行了。你怎麼會知道我受傷了？」

「剛才我遇見大皇子派來跟著您的人，他說您被火族的赤皇大人抽了鞭子，還一聲沒吭。這麼深的傷口……赤皇下手也太狠了！」

「沒事，我總有一天會把他身上的羽毛一根一根拔下來！」

「是為了什麼事啊？您怎麼會和赤皇大人起了衝突？」

「不為什麼事，我就是討厭他，在父皇面前說我及不上奇練……我決定了，以後他要做什麼，不管什麼事情，我都要破壞！」

「對了，六皇子，您在這裡做什麼呢？」

「扔東西。」

「扔什麼東西？」

「醜不拉嘰的小瞎眼魚！連身上長苔蘚的小魚都要吃，熾翼真噁心！」

「瞎眼的？那麼可憐，您就這麼扔了啊，為什麼不養著呢？」

「我才不要！要是我養了那麼醜的瞎眼魚，會被奇練笑死的！」

「牠會死啊！」

「死了是牠沒用，關我什麼事？別擋路，我要去嘲笑奇練了！」

少年的身影消失在城門後，而遙遠的北方海面，透過水霧，隱約能見到在陽光下，美麗無倫的魚鰭劃開水面。

雖然不夠正式，這卻是他們的初見。

蒼龍怒

兩顆心，兩種完全不同的感受。

直到很久很久以後，直到這兩顆心全都傷痕累累，才把這兩種不同的感受融合到了一起，變成了全新的情感。

多年前的這次相遇，姑且歸類於緣分。

多年後的那種情感，姑且稱之為愛情。

先是有緣，然後有情，從初見開始……

很久很久以後——

很久很久以後……

一九九六年七月。

「白夜，白夜！妳等一下啊！」他一邊跑，一邊焦急地喊著。

但在他前面拚命奔跑的小女孩一點要停下來的意思都沒有。

「白夜！」他看著妹妹不等燈號變換就跑上了車道，心一下子慌了，趕忙追了過去：「不要過去！危險！」

話音剛落，聽見身後有人發出驚叫，他不由得停了下來，只看見一對近在咫尺的車燈照射在自己身上。龐大的貨車在黑夜裡像是食人的巨獸，筆直地朝他駛了過來。

他像是嚇呆了，竟然忘了閃避，就這麼睜著眼睛，茫然地站在了路中央。貨車的司機踩下了剎車，巨大的慣性還是推動著貨車衝了過來。看見的人都發出驚呼，覺得一場慘劇就要發生了。

就在這個時候，發生了一件常人無法想像的事情。

那個就要被貨車碾過的孩子伸出了手，眼尖的人或許能看見，在他的手心裡，光芒彙聚成了一朵蓮花的形狀。

形如花朵的光芒下個瞬間爆發開來，由於太過耀眼，讓周圍的人們忍不住紛紛遮住了眼睛。

貨車在光芒爆發時像被施了法術一樣頓了一頓，但這一瞬過後，光芒減弱，車子還是緩緩滑動了過來。

他無力地垂下了手，閉起了眼睛。

等了一會，都沒有被撞到的感覺，他覺得奇怪，悄悄把眼睛睜開了一條縫。

車子就停在和他相距不到幾公分的地方，他嚇了一跳，急忙退了一步。

四周忽然變得很安靜很安靜，安靜得太奇怪了。他朝四周看去，驚訝地發現不單是貨車，周圍的一切都停了下來。

行進間的車輛、人們的動作和表情，甚至杯子裡潑出的水珠都停在了半空。

難道這是自己的力量造成的？

「你沒事吧？」有人在他身後問，又把他嚇了一跳。

他飛快地轉過身去。

他的身後站著一個人。他慢慢地抬起了頭，看見了那個人的臉。

很美麗的人呢！他的心裡發出了這樣的讚嘆。

這個人的頭髮好長好長，都快要長到地上了，身上穿著一件樣式獨特的白色衣服，輕柔的布料上面繡著精美的圖畫。

他知道這種圖案，那種在雲裡穿梭的動物，被稱作為……龍！

這個人看起來不像是真的，就像畫裡走出來的人一樣。可是……這個美麗的人，看起來好難親近。

那人眼裡閃過了一絲驚訝，輕聲說了一句：「好漂亮的孩子。」

「謝謝。」他想了想，決定禮尚往來：「你也很漂亮。」

那人聽到他這麼說，微微一笑。

連笑起來也不好親近的樣子，可是，他卻覺得這個人……像是曾經見過……

那個人伸出手，輕輕地摸了摸他的頭髮。他低著頭瑟縮了一下，想到了大家看著他頭髮的時候都會露出的那種表情。

「你的頭髮……真是特別。」他像是聽到那人嘆了口氣。

然後那個人把手伸到了他的面前。

「你走不動了吧。」那人這麼說：「使用這種力量，對人類的身體太勉強了。」

他看了看眼前的手，眼睛有些發酸。忍住了要哭出來的欲望，他握住了那隻手。對方將他抱了起來，走到安全的地方。

「謝謝你……救了我……」他不安地看了看靜止不動的一切：「那個……我是來追我妹妹的，你能不能……」

「你叫什麼名字？」那個人問他。

「我叫白晝。」他補充了一句：「就是白天的意思。」

「白晝?很好的名字。」那個人卻沒有把他放下來的意思，笑著說：「可現在是夜晚，你這白天為什麼要跑出來呢？」

「我的妹妹……」這個時候，他看到了定格在不遠處的妹妹：「是白夜！啊!謝謝你救了我，你能把我放下去嗎？」

「你為什麼要追她呢？」

「因為……今天我罵了她，她就跑出來了……」白晝低下頭，笑得有些勉強：「這麼晚了，我怕危險，想把她帶回家去。」

「這樣啊。」那人點了點頭，然後手一揚。

「啊！白夜！」妹妹的身影憑空消失，白晝緊張起來：「白夜她到哪裡去了？」

「回家了。這不是你的希望嗎？」

「回家了？」

「對，小孩子這個時候就該躺在床上睡覺，明天一早醒過來，就什麼都不會記得的。」

「謝謝你！」由於姿勢的關係，白晝只能稍微點了下頭，以表示謝意。

那個人挑起了眉，有些驚訝地問：「你相信我說的話？」

白晝點了點頭。

「嗯……真是個有趣的人。」那個人又一次摸了摸他的頭髮，笑容裡帶著一種奇特的神情：「要不是你有非同一般的法力，我都要以為……」

看到他睜大的眼睛，那個人沒有再說下去。

「這位先生，謝謝你……既然白夜沒事，我也要回家了。」白晝很有禮貌地要求著。

「你可以叫我孤虹。」那個人告訴他：「就是天上的一道彩虹，白天才能看得見的那種。」

「孤……虹……」白晝念著這個很美麗的名字，覺得眼前這個人就應該叫這樣的名字。

美麗的彩虹……

「你……白晝，你能和我一起去一個地方嗎？」叫做孤虹的人，突然這麼問他。

「要和你一起去哪裡呢？」他疑惑地側過了頭。

「放心，很快就到了。」孤虹笑著說：「我會把你送回家的，可是在那之前，能不能和我去一個地方？我只是想要確定一下……」

確定？要確定什麼？

白晝看著眼前這個等著他答案的人，看來看去，他慢慢地點了點頭。

「去過以後，我是不是就能回家了呢？」他小聲地問：「我家裡沒有人，白夜一個人在家裡的話……我覺得不太好……」

「當然了。」孤虹用手指梳理著他半長不短的頭髮：「你放心，很快的！只是去一小會。」

白晝驚訝地發現，他們竟然離開了地面。

「那個……」他有點慌張，抓住了孤虹環抱著自己的手：「我們是不是……」

「在飛？」孤虹回答他：「是的，我們在飛。」

白晝張大了嘴巴，看著下方。

他看到凝滯不動的一切隨著他們的離開而恢復了，貨車朝前開去，路邊的行人們隨著信號燈的轉換穿越街道，剛剛發生的事情簡直像沒有發生過一樣。

他揉了揉眼睛，覺得這一切太神奇了。

「你為什麼能飛呢？」他好奇地問。

「我生來就會。」孤虹低下頭，明亮的月光照在他的臉上，格外地有種輪廓分明的感覺。「我沒有辦法選擇要或者不要。」

「喔！」白晝突然覺得自己問了不該問的問題，連忙垂下頭，去看腳下飛掠而過的流光溢彩。

孤虹說這些話的時候，看起來有些難過的樣子……

很敏感的孩子呢！孤虹微微彎起了嘴角，再次為自己心中的震動疑惑不解。

容貌、法力，明明沒有絲毫相似的地方，就是因為這種說不出的直覺，讓他深感困惑。

不可能的，他不可能還活著！那個最最溫柔的人，早就在他的眼前離開了這個世界，連一絲復活轉世的機會都不會有。

熾翼始終不肯承認這一點，但他不同。他知道，那個人已經和昔日的一切，一同遠去了。

若說世上真有奇蹟，那個奇蹟已經發生過了，也已經結束了。縱然他當年是死於虛無神力之下，也不可能得到復生的機會。

逆天返生之陣，不能救助凡人！

可是……這個滿頭銀髮的小東西，突然之間觸動了記憶中的某處。那種包含著溫柔和無奈的微笑，和當年的他多麼相似……

直到今天他才知道，原來不論怎麼認定了事實，但自己其實和熾翼一樣，還是存著一絲希望。

不論這希望有多麼渺茫……

孤虹低下頭，看見這個叫做白晝的孩子趴在他的肩頭睡著了。

「無名。」他摸著那頭銀白色的美麗髮絲，喃喃地說：「如果這個孩子就是你，那該有多好。」

如果是你……那我這一生最後的缺憾終於能夠填補了……

「……」

他愕然地看去，發覺那孩子在說夢話

「寒……」

寒？是覺得冷嗎？

感覺到懷裡的孩子有些瑟縮，孤虹不覺加快了速度。

不久，眼前的雲霧中出現了迷濛的景象，空氣中飄散著一股清冽的香氣。

白晝總覺得聞到了一種很香的味道。不是很濃，是一種清雅的花香。

他用力地揉了揉酸澀的眼睛，努力地爬了起來。

這是一間不大的房間，房間裡的裝飾很簡單，樣式也很特別，讓他想起了去過的鄉下祖屋。可是這裡的東西雖然看起來樣式古老，卻不像祖屋的那麼舊，都像是新的。

他坐在屋裡唯一的一張床上，東瞧瞧西看看，覺得這裡的一切都很新奇。古代的屋子呢！

「墜入魔道的佛陀……是嗎？原來世上還有未入滅的神佛啊！」

白晝一下子就辨認出那是孤虹的聲音。

「我知道不可能是他，只是沒有辦法毫無疑問地這麼告訴自己。你放心吧，我知道不該和他牽扯太深。」

然後，隔了一陣，聽到了孤虹的笑聲。

「你倒是有這個閒心。」孤虹笑著說：「這麼多年了，一點長進都沒有，總是纏著這些無聊的事情繞啊繞的。」

又是一陣無聲。

然後，孤虹的聲音再次響起，這回，倒像是有些生氣。

「我一直知道你心眼小，只是不知道竟小氣成這個樣子！是啊，我就是對他念念不忘，你想怎麼樣？」

接著是一陣「嘩啦嘩啦」的聲音，聽起來像是水聲。

孤虹好像生氣得不再說話了，倒是那個聲音一直響了很長的時間。

再聽不見什麼聲音的白晝好奇極了，他爬下床，輕手輕腳地走到床邊的窗戶那裡，偷偷地朝外張望。

正巧一陣風吹過來，數枚白色的花瓣落到了他臉上。

梅花，好多好多的梅花！原來這種香味，是梅花的味道。

從這裡看出去，是看都看不到盡頭的梅花。明亮月光下，就像是漫山遍野覆蓋著白色的雪。

白色的……雪……

「白晝！」

白晝渾身一震，朝有人喊他的方向看了過去。

就在不遠處，孤虹正坐在一個很大很大的池塘旁邊朝他招手。白晝不好意思地走出了門口，朝他走了過去。

那個池塘很大……說是池塘，簡直就是一座小小的湖泊。水是深綠色的，白白的花瓣一片片浮在水面上，看起來很漂亮。

孤虹背靠著欄杆，坐在延伸到池塘裡的臺階上。他長長的衣服和頭髮差不多有一半散落在水中，衣服上繡著的飛龍，隔了一層蕩漾的水面看起來，像是在游動，就像是真的一樣。

「你醒啦。」孤虹笑著說，絲毫看不出有生氣的樣子。

「嗯。」白晝點了點頭。

「這裡是我的家。」察覺了他的拘謹，孤虹想要站起身，和他靠近點說話。動作卻是一頓。

白晝驚訝地看見他表情一變，然後掉頭朝水裡冷冷地說了一聲：「放開！」

看到他用力扯動衣服的樣子，白晝猜想可能是水裡有什麼東西咬住了他的衣服。

可是，水裡有什麼東西是喜歡咬人衣服的？

「你是想讓我把衣服脫了？」孤虹眼看扯不上來，索性停下了拉扯，開始解衣服上的釦子，大有要把衣服脫下來的樣子。

他解開了領口的釦子，露出了白皙修長的脖子，然後像是想到了什麼，補充了一句：「我裡面什麼都沒穿。」

話音剛落，那股拉扯的力道立刻消失了。

他勾起嘴角，微微一笑，扣回了解開的那顆釦子。

「怎麼樣？」孤虹朝白晝走了過來：「睡得好嗎？」

白晝紅著臉點了點頭。

「透支了體力，身體當然需要休息。」孤虹摸了摸他的頭髮：「以後要多注意才好。」

「謝謝。」白晝抓著自己的衣角：「我會注意的。」

這個時候，孤虹的身後傳來了一陣水聲。

白晝好奇地朝那裡張望著，看見池塘裡濺起了好大一片水花，在水花的後面，像是有什麼東西在月光下閃爍著點點光芒。

感覺到並不友好，甚至是殺氣騰騰的視線，敏銳的白晝忍不住往孤虹的方向靠了過去。

「別怕。」孤虹拍拍他的頭：「他不會傷害你。」

「那個是……」

「我的寵物。」孤虹面不改色地說：「不但喜歡騙人，又壞又蠢，還總是糾纏不清，除了耍無賴什麼也不會的傻瓜。」

好奇怪的寵物。既然這麼討厭，為什麼還要養呢？

「為什麼……」孤虹看出了他的疑惑：「因為這麼沒用又討厭的傢伙，如果我不要他，恐怕不會有人要了吧！」

水聲突然停了，白晝在孤虹的眼睛裡看到一閃而逝的光芒。

孤虹驚訝地看著這個孩子抓住了他的手，用一種大人才有的目光和語氣對他說：「因為一個人太孤單了，所以才要一起活著的。」

最為通透的神明嗎？果然……

孤虹收起錯愕，彎起嘴角，又一次地笑了。

白晝被抱著飛起來的時候，忍不住越過孤虹肩頭，再次看向那個大大的池塘。就在這個時候，水花濺起，他清清楚楚地看到了有一條好大好大的魚躍出了水面。

那條魚好大好長，好像是深綠色的，最特別的是身上長著許多又大又美麗的鰭。透明的魚鰭在月光下發出星星點點的光芒，漂亮極了。

這是他見過最漂亮的一條魚了！

直到再也看不見了，他還是微張著嘴。

這麼漂亮的魚，怎麼會是……喜歡騙人，又壞又蠢，糾纏不清，除了耍無賴什麼也不會……

孤虹的腳一碰到地面，就被一雙手臂猛地拉進了懷裡。

「你做什麼？」他沒有掙扎，只是皺起了眉：「你現在還不穩定，怎麼總是想著幻化人形，不是在浪費法力嗎？」

「不行！」他的身後傳來了一個帶著苦惱的聲音：「要是不能和你這麼靠近，我就要死了！」

「胡說八道！」

孤虹正要發火，卻感覺到背後那人把頭埋到了自己頸邊，擺出一付痛苦的模樣。就算知道他是故意的，心還是有些軟了。

「你不是答應我，如非必要，不會再動不動化成人形了？你老是這個樣子，要等到什麼時候才能復原！」

「你把他送回去了？」那雙手臂把他摟得更緊了：「你有消除他的記憶，

對不對？」

「你故意讓他看到你的樣子，我能不那麼做嗎？」說到這裡，孤虹又有些生氣了：「你為什麼……」

「真不公平！」輕聲的嘆息飄進了他的耳朵：「你都沒有對我那麼好過。」

「你……簡直就是……」雖然知道多半是為了這個原因，可他這麼直截了當地說出來，讓孤虹不知道是該先笑還是該先罵他：「他不過就是個孩子。」

「他很美！他的容貌之美，曾經說是遠勝世間一切色相。過不了多久，一定會重現他昔日的模樣。」語氣裡有掩飾不住的酸味：「那樣的容貌，又有誰不動心？」

「你呢？」孤虹挑起了眉毛：「你會不會動心？」

「怎麼可能！就算他再美，在我眼裡又怎及得上你？」

「那不就好了。」孤虹無奈地搖了搖頭：「明知不是那麼回事，還老是喜歡說這種蠢話。」

「我知道！」青鱗又把他拉進懷裡：「我是一個不但喜歡騙人，又壞又蠢，還總是糾纏不清，除了耍無賴什麼也不會的傻瓜。」

「難道我說錯了？」

「不，一點都沒有錯。」青鱗的手停留在孤虹後背的某一個地方。他知道，在那下面，有多麼可怕的傷痕。「我這樣的傻瓜，本來不值得你那麼做的。」

「不是說好了不提的嗎？」孤虹的表情並沒有太大的變化：「都過去了。」

「拔的時候，你很痛吧！」青鱗的眉頭皺到了一起。

「我說了不痛。」雖然痛得去了半條命，不過還好，總算沒有白費。

「幸虧是為我……要是你為了別人做這些事，我一定會把他殺了。」

孤虹沒有提醒他，那個時候他死了很久，哪裡還有本事一天到晚去殺人？

他知道，青鱗這是在自責，雖然並不明顯……

「我還是想殺了太淵。」

好吧！他不是在自責，只是本性如此罷了。

「孤虹。」

孤虹慢慢地轉過身去。

月光下，青鱗的眼睛閃爍著異常美麗的色澤。

「我有沒有說謝謝？」

「要謝什麼？」

「謝謝你願意原諒我。」

「嗯。」孤虹點了點頭。

「謝謝你還願意給我一次機會。」青鱗笑著對他說：「還願意要我這個沒用又討厭的傢伙。」

「因為一個人太孤單了，所以才要一起活著的。」孤虹也笑了：「不是這麼說的嗎？」

「是！」青鱗拉住了他的手：「再給我一點時間，那個時候，我就能一直在你的身邊了。」

「慢慢來吧。」孤虹低頭看向兩人交疊的手掌：「反正我們兩個好像被命運捆在了一起，註定是分不開的。」

緊緊地握著，掌心的刻痕像是奇異地融合到了一起，分不開了……

——《蒼龍怒》完

番外一　再生

他的第一個意識是痛。

這種痛就像是從前生沿襲而來，從皮膚深處，從骨頭裡面散發出來，彷彿永遠都不會停止。

痛得難以忍受，他卻拚命地忍著，儘管他也不知道自己為什麼要忍耐。

他躺在那裡，為了忍住疼痛而瑟瑟發抖。

「怎麼會是這副模樣?」有一個聲音在說。

接著，他被人抓了起來。

「怎麼會是這副模樣?」那個人又重複了一次，這次的語氣裡似乎有著極大的不滿。

痛得半死不說，還被人用兩根手指捏著來回搖晃，他覺得自己就要死掉了。

「蠢貨!」和這句咒罵的語調相反，接下來他就被輕柔地放在了一個溫暖的懷抱裡。

這個懷抱裡，有一種冷冽的香氣。

他張開嘴用力地吸著那種氣味，似乎吸進這種香氣以後，他身上的痛正在漸漸消失。

「早知道是這麼個東西，何必浪費那麼多鱗片。」

疼痛消失以後，他渾身懶洋洋的，沒多久就開始打瞌睡。

「青鱗，你這沒用的傢伙……」他迷迷糊糊聽到有人說：「總不讓我安心……」

那天以後，他就開始住在一個很美麗也很安靜的地方，和「孤虹」在一起。孤虹就是那個把他拎在手裡搖晃，後來又把他抱著來到這個地方的人。在他能看得見東西之後，第一眼，和之後的無數眼，都只能看得到孤虹。

第一次和他對望的時候，孤虹笑著喊了他一聲「青鱗」，於是他知道那就是自己的名字。

他的生命裡只有三樣東西，水、花瓣，還有孤虹。

他一直在水裡，每天會有許多白色的花瓣落到水面上，每一刻孤虹都會陪著他。這就是他的全部，除了這些，他不需要任何東西。

這樣簡單的生活持續了很久。

不過，時間過了多久他才不管。

他知道不論過去多少時間，孤虹也一定會陪在他的身邊。他會和孤虹一起，永遠永遠在一起。雖然他不知道永遠確切的意思，但是這個詞語執拗地占據了他所有的思緒。

可是不知過了多久以後，終於有一天，他開始覺得，自己的想法其實是根本沒有道理的。

記得最初，他很喜歡在水面上游來游去，因為那樣可以清清楚楚地看到孤虹，而只要看到孤虹，他就覺得很快活很安心。

他還發現自己只要和孤虹親近一點，像是在孤虹浸在水裡的腳邊繞圈，孤虹就會和他一樣很開心。

他一直樂於討好孤虹，所以總是在孤虹身邊打轉。但是漸漸地，他發現孤虹並不是真的感到快樂，原本開心的笑容維持不了片刻，就會慢慢變成一種他不想看到的失望。

每次孤虹喊他名字的時候，似乎總也參雜著這樣的一絲失望。

他很不安，不明白是出了什麼事情。

而讓他真正明白是什麼造成這一切，是因為有一天，他醒來之後沒有看到孤虹。

這是第一次，孤虹居然沒有守在池邊看著自己。

而終於等到孤虹回來的時候，他發現孤虹和平時不太一樣。

「青鱗，你到底是青鱗或者只是一條魚？你是我一直在等的青鱗，還是一條什麼都不知道的魚？」

孤虹坐在池邊，深深地看著他，美麗的臉上帶著笑容。

「我以為我有足夠的耐心等你回到我身邊，但是那需要多久呢？我對著一條魚，已經整整一百年了！如果永遠是這種情形，也不知什麼時候，我可能會徹底死了心……」

孤虹的樣子讓他好慌張，他啄了一下孤虹放在水中的手指。孤虹把手拿了回去，站了起來，離開石階回到岸上。

「也許，真的不該做違逆天意的事情。」孤虹低低地笑著：「原來有的時候，懷有希望，比沒有希望更加痛苦。」

孤虹距離他能夠到達的地方，只差了一點點，可就是這一點點，他再也沒有辦法靠近。

就在這個時候，他明白了只要一點點的距離，近在咫尺就會變得遙不可及……

當他開始試著思考，他開始明白，自己和孤虹是不一樣的！

青鱗是「魚」，有著難看的鰭和尾巴，只能在水裡的魚，而孤虹不是。

孤虹的衣服上，畫著一種樣子奇特的生靈，那種美麗威嚴的模樣，還有在雲裡穿梭的身姿，他實在是喜歡極了！在他看來，那好像孤虹。

孤虹會飛，用一種無法形容的高貴姿態，轉眼就不見了蹤影。青鱗不會，青鱗只能待在水裡，青鱗所有的世界，不過是這個池塘！

池塘很深，只要往下潛一點，就是一點光芒也沒有的黑暗。但他寧願留在這討厭的黑暗裡面，也不要浮上水面。

他知道，只要自己浮上水面，就能在那張美麗的臉上看到最動人的微笑。

不是他不想，事實上，他不知有多麼想看見孤虹，看見孤虹的微笑，但是他更不願意，不願意被他看見自己。他寧願躲在暗沉沉的水底，艱難地仰望頭頂那一星半點的影像。

青鱗只是一條什麼也不知道的魚，他討厭聽到孤虹那麼說！

這天和往常一樣，他沉在水下，孤虹坐在池邊，雪白的花瓣偶爾被風吹落下來。

這種安靜讓他覺得既安心又無法平靜。

正當他這麼想著的時候，突然看見孤虹浸在水中的衣衫下襬顫了一顫，原本在水中劃著圈子的手指乍然握成了拳。

他嚇了一跳，趕緊貼著池邊偷偷地往上浮了一點。

「這裡人跡罕至，已經有許多年不曾見過外來的人了。」那是孤虹的聲音：「你是因為迷路還是其他的原因，才來到這裡？」

「你可以叫我明珠。」陌生的人，說話的聲音很低很慢，每一個字聽起來都很舒服：「我來，是為了尋訪一位故人。」

「故人？」孤虹漫不經心地回答：「那你找到了嗎？」

「我找到了，我終於找到你了。」那個又溫和又輕柔的聲音在說：「孤虹。」

水裡的青鱗清清楚楚地看見，當那個人喊孤虹名字的時候，孤虹的拳頭握得更緊，緊到指節都開始發白。

青鱗的心裡好慌張，他盡量無聲無息地往上游去，想要看看那個說話的人到底是誰。

「你找我做什麼？」孤虹的手掌張開，在水裡晃出一道又一道的波紋：「是因為當初我違背了承諾，特意來尋仇的嗎？」

「真想不到！過去了那麼多年，你一點也沒有變。」那個人苦笑著：「你明知道無論你怎麼做，我都不會怪你的。」

孤虹沒有立刻回答，隔著蕩漾的水波，青鱗覺得他是在看著自己。

「我們換個地方談吧。」

孤虹站了起來，立在白色的石階上，衣服和頭髮遮住了他的表情，青鱗一點也看不清。

「你說什麼都好。」那種帶著討好和放縱的語氣，好像不論孤虹說什麼他都會答應。

青鱗看到了一隻手，和孤虹一樣五指長長，在陽光裡透出血肉光澤的手。那隻手朝著孤虹伸來，還有那個讓人很難拒絕的聲音：「石階滑膩，上來的時候別滑倒了。」

這人真是愚蠢！孤虹怎麼可能滑倒！為了表示不屑，青鱗張嘴吐了個泡泡，等著聽孤虹罵這呆瓜。

可出乎青鱗的意料，孤虹連考慮都沒有就拉住了那個人的手，自然得就好像這動作做過了千遍萬遍，一點也不會覺得陌生。

孤虹一步步踏上臺階，離開了青鱗的視線。青鱗僵硬地看著，甚至忘記了擺動魚鰭。

「走吧。」孤虹在說：「我們離開這裡。」

離開……

青鱗隔了一會才把這個詞理解清楚了，他慌忙竄出水面，朝著孤虹遠離的方向看去。

孤虹走得有些遠了，而緊跟在孤虹身邊的那個人，那種優雅的姿態和挺直的背影，看上去竟有些熟悉。

那人像是聽到了水聲，側過頭往回看了一眼。

青鱗看到了他的臉，也看到了他唇邊的微笑。那笑容自然親暱，讓人不由自主地信賴和想要依靠。似乎只要見過這個笑容，眼睛再看任何東西，都會多添幾分溫柔。

「不用管……」斷斷續續的聲音被風吹了過來：「沒有關係……」

那是……孤虹！

孤虹的背影轉瞬沒入了如雪白梅之間，他一次也沒有回頭……

水通過鰓一湧而入，填滿了全身，慢慢下沉……青鱗感到迷惑，他不知道自己為什麼會有好像要被水溺死的感覺。

然後他再一次感覺到了那種疼痛，就像那天一樣，從身體裡面散發出一陣陣劇烈的疼痛。

更奇怪的是，似乎有什麼東西想從他的體內跑出來。

他在水中翻滾著，激起一陣又一陣的水花，直到精疲力竭，才發現自己躺在孤虹一直坐著的臺階上。

乾淨又帶著一絲香氣的空氣跑進了他的身體，很快他就發現自己不是用鰓呼吸，而是用某樣原本不存在的器官。

接著他看到了自己的手，不是鰭，而是手。五根手指，有骨有肉，外面還包著一層皮膚，和孤虹一樣的手！

趴到池邊，他看著在水面上那個表情呆滯的倒影……

為什麼會這樣？那一點都不重要，最重要的只有孤虹！

孤虹的手指、孤虹的頭髮、孤虹的眼睛、孤虹的微笑，孤虹的一切都是青鱗的，也只能是青鱗的！

青鱗每跨出一步，就感覺有一些新的東西進入了這個身體。

最初驕橫跋扈惹出的仇恨，到後來心胸狹隘錯失的真相，最終是那幾乎無法挽回的生離死別……

孤虹！你在哪裡？我回來了，你可看見……

孤虹站在白梅樹下，衣服上繡著翱翔天際的飛龍，烏黑的頭髮幾乎長到了地上。

「孤……」太久沒有說話，青鱗幾乎忘了怎樣才能發出聲音孤虹對面的那個人先看見了他，已經很淡的笑容徹底消失。

「孤……虹！」青鱗用盡全力，聲嘶力竭地喊了出來。

孤虹終於回過頭來。

「青鱗。」孤虹沒有欣喜若狂，也沒有絲毫驚訝，好像看到他是再自然不過的事情：「你跑出來做什麼？」

「你……他……」青鱗伸出手，從孤虹指到那個「明珠」：「我……死了！」

「當你死了？」孤虹勾起嘴角：「你不就是死了嗎？」

「孤虹。」青鱗兩三步衝過去，用力抱著他，胸口又酸又痛：「不要……我……」

「你說我不要你？」孤虹倒是明白他的意思：「我倒想說，你終於捨得出現了。」

「孤虹……孤虹……」青鱗摟著他，嘴裡翻來覆去只會念他的名字。

「時間倒是剛好。」孤虹乖乖任他摟著，上下打量了一下：「不過現在力量還不穩定，用來維持人身太浪費了。」

「你說……什麼？」青鱗一愣：「什麼時間？你是說……你知道……」

「禍害都很長命，所以雖然要花些時間，但恢復是遲早的事情。」孤虹告訴他：「意識和記憶差不多要百年，力量的恢復就更加緩慢了，不過好在有的是時間。」

「那你又說那些話？」一氣之下，青鱗說話反而順暢了起來。

「說我沒了耐心嗎？那是因為你差不多該有『自我』意識了，我想看看反應而已。」孤虹毫不隱瞞地說：「其實一條魚鬧彆扭的樣子也挺有趣的！」

「你！」青鱗又好氣又好笑，最後只能無力地嘆氣，用力地抱緊他：「隨你吧！」

明珠看著眼前相擁的身影，默默轉身離去。

這天之後，誰也沒有再見過他。

他並不知道，在他離開的時候，孤虹抬頭看向他的背影，想起當年……

「孤虹！」青鱗把孤虹的臉轉回來：「看他做什麼，看我就好！」

「你這樣子有什麼好看的？」孤虹似笑非笑地望著青鱗：「不過是沒穿衣服，又不是沒有見過。」

青鱗瞪大眼睛，孤虹朝他挑眉。

「孤……」青鱗才說了一個字，立刻就沒了聲音。

「乖乖地給我待著吧！」孤虹蹲下身子，心情很好地說。

青鱗再生後百年，這恍如隔世的重逢，在孤虹抓著魚鰭把他扔回池塘之後宣告結束。

許多年過去，等到青鱗終於完全恢復，有一天，孤虹突然想起這一年這一天的事情。

「我好像一直沒有告訴你，你再生後恢復意識那天來找我的是誰。」

「不要！」青鱗捂住了他的嘴：「我不想知道他是誰！」

「為什麼？」

「我怕自己會忍不住……」青鱗一把抱住他，簡直是咬牙切齒地說：「孤虹是我一個人的，覬覦者一律要死！」

「喔？你那時就看出他是誰了啊！」孤虹一臉恍然：「我就說你那天態度怎麼那麼奇怪，原先還以為是不太清醒，想不到是真的認出了他。」

「不是不是！」聽出孤虹話語中的不快，青鱗慌忙辯解：「我沒有其他念頭！」

「為什麼不承認？」孤虹掙開他，冷冷地望了他一眼：「你守了他那麼久，對他怎麼會完全沒有感情呢？你不必擔心，我真的一點也不介意。」

說完，他再也不看青鱗一眼，轉身就走。

「孤虹，你去哪裡？」青鱗回過神，大聲追問。

「你念舊，難道我不會念舊嗎？」孤虹哼了一聲：「我突然想去見見許久不見的老朋友。」

「我不許！」青鱗跺著腳在後頭叫嚷：「你總是拿這個氣我，你明知道……」

青鱗後面的那些絮絮叨叨他沒有聽進去，反正也不外乎把別人貶得一文不值，把自己誇得天下無雙。

他抬起頭，不知是細雪還是花瓣落在了臉上，帶來一片清涼芬芳。他不由得放慢了腳步，沉醉在這似曾相識的景象裡。

聽見熟悉的腳步在身後停下，他突然想回過頭對那個人說……

其實你不說出口，我也能夠明白。

因為一個人太孤單了，所以才要一起活著的……還有，你看！梅花像雪一般地潔白！

還記得我們那次見面的時候嗎？那是多久之前的事情了，卻好像昨天才發生一樣。

那天，剛下過雪，我走過一片梅林，你就站在那裡……

——番外一〈再生〉完

番外二　願逐月華

在他的千歲宴上，娶妃這事第一次被提起。

說起這事的是當時西蠻藏城的城主。

按理說水族成長緩慢，千歲不過剛剛成年，對方為什麼會在這時候急著說起親事，除了他還懵懵懂懂，在座之人都心知肚明。

北野的昆侖因為早年與火族聯姻，如今和火族來往緊密，得了不少好處。

而西蠻貧瘠荒蕪，對東海的豐饒富足豔羨不已，只盼能夠依靠同樣的手段從中獲利。

早些年為奇練選妃的時候，藏城主就非常積極地想要將女兒嫁進千水，但共工發話，長子正妃必須是水族，而藏城一族是猔，自然是沒能如願。

如今好不容易盼到第二個純血皇子成年，就迫不及待地說起，只盼能搶在別人前頭定下這門婚事。

「我說藏城主，你要真是這麼急著嫁女兒，那不如選我好了。」還沒等上座的共工發話，對面的蛟族族長先開口說道：「我對雪鈴公主可是仰慕已久，若能娶她為妻，我願用百車明珠作為聘禮！」

旁人哄鬧起來，倒不是為蛟族長鼓勁，而是笑那西蠻老猿痴心妄想。

藏城主冷冷看了眾人一眼，然後不緊不慢地呸了一聲。

蛟族族長似乎早就料到了這種反應，和身邊的人擠眉弄眼，哈哈大笑起來。

他當時不明所以，轉頭去看一旁的大哥奇練。

「雪鈴公主是藏城主的獨生女兒，西蠻第一美人，想娶她的人能從西蠻排到東海，只不過藏城主想為她挑一門稱心的婚事，所以耽擱到如今。」奇練輕聲同他說：「他如今看中了你，但是父皇應當不會答應的。」

猱族占了藏城，號稱統領西蠻，在水族眼中也不過是邊域化外之民，場面上多有禮遇，私底下卻是不以為然，又怎麼會讓純血皇子娶他們族長之女？

「美人嗎？怎麼可能！」剛剛成年的他當然不會想這麼多，只皺起眉頭問道：「這個什麼城主長得這麼醜，怎麼能生出漂亮的女兒？我看八成是長得太難看了，才要到處求人娶。」

奇練笑了一笑，沒有反駁。

奇練很清楚父皇的心思，必然會為這個純血的兒子娶一個水族出身的王妃。

果然共工也是輕描淡寫地以他尚且年幼為由，就把此事揭過了。

藏城主猶不死心，索性想法子把雪鈴公主送進了千水之城。

「真沒想到。」他見到雪鈴公主之後，感嘆了一聲：「那麼醜的老頭，居然真的能生出這麼好看的女兒！」

他那時毫無愛欲之心，根本沒意識到對方是衝著自己來的。而雪鈴公主比他年長許多，對他也是不冷不熱，他就更不往那處想了。

而就在這一年，奇練的第一位正妃，蛟族公主曼紗，在了千水城外被人襲擊身亡。

雖然凶手很快就被找了出來，並受到嚴懲，但水族大皇子的正妻被她的情人給殺了，這對世間所有神族來說，都是一個天大的醜聞。

水神共工的心情非常不好，連帶著千水之城的每一個人都過得戰戰兢兢。

但這件事對某些人來說，卻是很好的機會。

水族大皇子正妃之位空了出來，許多有想法的族長紛紛將自己的女兒、姐妹，或者是族中的美人，一個接著一個送進了千水。

城中的氣氛於是變得十分怪異，又壓抑又熱鬧，就連平日不關心這些的他都察覺到了。

「成天被這麼多女人纏著，你都不覺得煩嗎？」幫忙趕走那些纏人的女子之後，他對奇練說：「還有雪鈴也是，看上去十分古怪，又是怎麼回事？」

千水之城中地位等級分明，平時能說話的人沒有幾個，他雖然不是很在乎這一點，但遇到了雪鈴也是會說說話。可是偏偏最近這段時間，雪鈴像是故意避著他，甚至是遠遠看到轉身就走。

「興許……因為你待她太冷淡了。」奇練笑著摸了摸他的頭頂。「她長得那樣漂亮，又是大族的公主，人人都哄著她，偏偏你總是對她冷言冷語，自然會覺得面子掛不住了。」

「長得再好看，看久了不都一樣？何況我對她也沒說什麼難聽的話啊！」他偏頭避開了奇練的手：「她對我這番姿態，分明是看不起我，我才不會去迎合她。」

「那也不是……」

「正是。」他退後一步，微揚起頭：「我堂堂水族皇子，為什麼要討好一個邊域蠻族的公主，這不是很荒唐嗎？」

「拋開身分的話，雪鈴是個不錯的女子。容貌美麗，端莊優雅，就算有些傲氣，也是添了可愛。」奇練似乎覺得他這模樣特別有趣，故意逗他說：「說不定你多和她說說話，便會喜歡上與她在一起了。」

「論樣貌與溫柔，皇兄你不也十分出眾嗎？」他覺得這話挺奇怪的。「我有話和皇兄說就好，為什麼要和她說？比起雪鈴，我更喜歡和皇兄在一起。」

奇練愣了一下，然後笑了出來，髮尾墜著的珍珠跟著輕輕晃動。

「孤虹你啊！」奇練邊笑邊說：「再過一些年歲，你若是還能做如此想，那該多好。」

奇練說這句話的時候，語氣和笑容都有些奇怪，只是那時候的他並不明白這句話中的深意……

「怎麼了？」青鱗在桌子對面朝他招了招手。「在想什麼，怎麼突然不說話了？」

孤虹從久遠的往事之中回過神。

「你問我何時開始與奇練疏遠，約莫就是成年之後吧！而且我覺得他很早就明白了，我和他之間總有一日，會為了水神之位反目成仇。」他端起面前的杯子喝了一口，然後露出了不愉快的表情：「這是什麼怪味道？」

「海鹽芝士咖啡。」青鱗一手撐著臉頰，坐在他的對面：「你說想喝特別一點的。」

他們正坐在一處安靜的露天咖啡館外廊，陽光燦爛，微風正好。

「特別地難喝。為什麼是這種味道？」孤虹嫌棄地推開杯子。「為什麼我們要在這裡喝這種東西，然後談論奇練那個傢伙？」

「這裡是個不錯的地方。」青鱗打量四周：「反正一時間我們也沒有頭緒，不如談談過去的事情，看看有沒有線索可循。」

「我們是來找白昭的，關奇練什麼事？」孤虹瞇起了眼睛：「說實話，青鱗，你是不是對奇練舊情難忘，才對他的事情這麼感興趣？」

「我心裡從來沒有奇練，又何來舊情？」青鱗趕緊澄清：「到如今你怎麼還說這些？」

「因為奇練樣貌出眾，又溫柔體貼，那些年好多人都偷偷戀慕他。」孤虹別有深意地說：「我可一點也不像他那麼討人喜歡，要是你那時眼睛不瞎，多半也會喜歡他……說不定你已經有了別的想法，不然你這幾日怎麼總是向我打聽他過去的事情？」

青鱗心一緊，知道自己一直問奇練的事情，引起了他的疑心。

孤虹盯著他，目光中暗含一絲危險。

青鱗拿起自己的冰檸檬蘇打，喝了一大口。

「你不要誤會，其實我想知道的……是你的事情。」他看著孤虹放在桌上的手。「來這裡之前我才知道，你曾經娶妻。」

孤虹一下子愣住了，他怎麼也沒有想到，青鱗遮遮掩掩曲折迂迴地探問，居然是為了這件事。

「太淵和你說的？」孤虹坐直身子，瞪著他問道：「你不是跟我說，從未再與他私下說話的嗎？」

「不是太淵……是奇練。」青鱗訕訕答道：「他那日特意來找我，正是為了這件事。」

孤虹又愣了一下。

「喔……那我還真是沒有想到。」他輕輕皺起眉頭：「奇練特意和你說這些做什麼？」

「他沒有，他只是託我幫他留意，此地是否有一個叫做素潤的神族女子。」

「素潤？」孤虹「喔」了一聲：「怪不得要偷偷摸摸，是生怕被帝灝知道吧！」

「多半如此。」青鱗跟著笑了一笑：「起初我以為那是奇練的舊情人，後來聽了名字才知道，他要找的是曾經的妻子。」

「奇練這人就是扭捏，什麼都捨不下丟不了。」孤虹拿過了青鱗那杯檸檬蘇打。「當年他們二人明明貌合神離，感情極差，在素潤死了之後，他又覺得對不起對方。如今一定是聽說白碧宿雨將當年大戰死在千水附近的神族魂魄收進此處，就起了僥倖的心思……不過你一聽到素潤的名字就知道她是奇練的妻子，倒是挺瞭解的嘛！」

「其實我當時……」青鱗本想辯解，但在他的注視之下聲音漸低，最後咳了一聲轉了話題：「我聽他說了之後，便想起……後來查了一下，才知道你也娶過正妃。」

「我以為你早就知道了，所以沒有和你提過。」孤虹抿了抿嘴唇，倒也沒有隱瞞不說的意思：「我的正妃是北海大鯤族的公主，叫做鳴玉。」

他和鳴玉的婚事早已定下，但是當初鳴玉年紀尚小，等到適婚之時偏偏又發生了許多事情。共工撞倒了不周山，天羅破碎，天河傾瀉，水族岌岌可危，於是婚期一拖再拖。

「我本以為，這門婚事就要作罷了，沒想到大戰之前，她自己瞞著家裡跑來千水，說是來和我成婚的。」

孤虹微微一笑：「那時她剛剛成年，想法古怪，脾氣更是倔得很，說什麼都聽不進去。我一來被她煩得沒有辦法，二來也有些感動，就倉促和她成了婚。只是成婚當日，我便隨著大軍離開了千水，沒能回去……也再沒有見過她。」

「是嗎？」青鱗表情未變，放在桌下的手卻握緊了。「那後來，她是像素潤一樣自盡了嗎？」

他心中妒恨之意洶湧，表面上又不能顯露出來。

他看得出來，就算孤虹對鳴玉公主沒有情愛之意，也是頗有好感的，想來是因為當年在危難之中所生的感激。若是表露嫉妒，只怕會讓孤虹想起自己當年襄助太淵滅族的舊事，平白惹他生氣。

「不，後來千水被圍，我暗地裡派人把她送回北海去了，之後的事情我不太清楚。」孤虹倒是沒有多想：「我復生之時已經是滄海桑田，神族覆滅，她應該早就不在世上了吧。」

「我聽說北方的大鯤族和東海的鮫人族一樣，皆是以美貌著名，那個鳴玉公主，定然長得極美了。」他再怎麼努力忍耐，一看到孤虹回憶神往的表情，還是忍不住說：「我記得當年許多神族都將族中公主嫁給了半神，尤其是軒轅氏一脈，那個鳴玉公主多半是改嫁給了旁人。」

「好酸啊！」孤虹對著手裡的檸檬蘇打說：「怎麼今日喝什麼都是一股怪味？」

青鱗深吸了一口氣，才把翻騰的情緒壓了下去。

「你還真有資格生這種氣啊！」孤虹嘴裡說怪味，但是又喝了一口：「說完了我的妃子，接下去是不是要聊聊你那些『夫人們』了？」

青鱗拿起那杯被嫌棄的海鹽芝士奶茶，憤憤然喝了一口，結果被又甜又鹹的味道嗆到了，捂住嘴咳個不停。

孤虹看他咳得臉都紅了，才拿起紙巾丟給他。

「鳴玉當年不過是個半大的孩子，又過去了這麼多年，我根本不記得她生作什麼模樣了。」他在青鱗的咳嗽聲裡說道：「我只記得她挺活潑……啊，對了！她的額頭上有排成一線的三點紅印，說是生來就有的。」

青鱗的咳嗽聲突然停了。

「你可是覺得不舒服？」孤虹對他說：「這地方靈氣駁雜不純，可能需要更多時間才能適應。」

青鱗用紙巾捂著嘴唇，點了點頭。

幸好有這點遮擋，他才能掩飾住自己一瞬間的失態。

三點紅印……他好像……

曾經見過。

他那時正在飛行於半空的車輿之上。

甫得來的半心多半已經融合，那種感覺讓他無比舒暢，又有些煩躁不安。

在聽到慘烈的尖叫聲時，原本不想理會的他也不知為什麼心中一動，示意車隊停下。

他先取下了纏繞眼睛的錦帶，舉目四望久違的天海與明月，以及不遠處隱約可見的千水之城，長長地呼出了一口氣來。

終於……

喊叫和哭泣又響了起來，他靠在邊緣往下方看去。

那些是在空桑製造的戰船，應當是火族的屬臣……

「下頭那些人是哪裡來的，他們在做什麼？」

下屬得令前去詢問，過了片刻回來稟告。

「北鎮師大人，那些是隸屬於火族的九黎部族，他們在東海附近抓住了幾名水族女子，打算帶回族中。其中一名女子伺機殺了他們的首領，才引起了騷亂。」

「什麼？」他勃然大怒：「只是半神的蠻族居然敢擄掠神族女子？好大的膽子！」

「大人，您看……」

「全給我殺了。」他揮揮手。「一個也不要留。」

他的屬下迅速地完成了命令。

「大人，那殺人的女子受了重傷，看來是活不成了。她看到我們穿著水族服飾，想要求見大人。屬下見她衣著華貴，應當是極有身分，您看要不要……」

他想了想，便答應了。

那女子躺在甲板上，看起來年歲不大，模樣也挺漂亮的，尤其額上三點紅印，十分別緻。可惜被那些蠻族用長矛刺穿了好幾處要害，早已奄奄一息。

「妳是哪一族的？」他站在遠處沒有靠近，不想踩到血汙中去。「想和我說些什麼？」

「請你，把這個……帶給我的丈夫……」女子舉起的手裡拿著一個墜子，已經被鮮血染成了斑駁一片。「告訴他……我一直都……愛慕他……」

「丈夫？」他沒有伸手去接：「妳到底是哪一族的？妳的丈夫又是誰？」

那女子張了張嘴，終究沒有再說出一個字，舉起的手也垂落了下去。

「大人，她已經死了。」屬下對他說：「我問過船上其他女子，她們只知道她是北海的水族，並不知道她的身分。」

「那個頭飾……」他皺了皺眉，走近了一些：「是龍紋嗎？」

下屬連忙仔細查看，只是玉石裝飾已經碎裂，看不出到底是不是皇族才能使用的神龍紋飾。

「算了，收拾一下，這艘戰船還是挺不錯的。」他也懶得費神。「至於其他女子你們去問問，沒什麼緊要的便讓她們走吧！」

最後，那女子的屍身被丟到了海中，慢慢地沉了下去。

而他要離開的時候，踩到了那個墜子。

墜子編結得十分精巧，用蒼青的絲線繞著一塊白玉，白玉上有三點紅印，和那女子額頭的紅印一模一樣。

上頭沒有靈氣，不過是個裝飾物件。

他抬起腳，將墜子踢到了海裡。

原來……她是大鯤的公主鳴玉……

原來，她是……孤虹的正妃……

而白碧宿雨將當年死在千水附近的神族魂魄，都收進了《萬妖圖錄》……

「你很不舒服嗎？」孤虹問：「臉色看起來不太好。」

「我沒事。」青鱗嘴上這麼說，手卻捂住了胸口，眉頭也皺了起來。

「你傷還沒好，到底為什麼要跟我進來？」孤虹沒好氣地說道：「白昭不是跟你說過了，這地方對神族影響很大，在這裡，我們半點法力都不能使用。」

「所以我才不放心。」青鱗順勢抓住了他的手：「白碧宿雨的幻境之術極盡古怪，但我至少對妖族還有些瞭解，說不定在什麼地方能派上用處。」

「都是些廢話，你其實就是想跟著我罷了。」孤虹倒也沒有把手抽回來。

「反正都已經這樣了，說再多也沒用，你若是死在這裡也是活該。」

青鱗笑著應是。

孤虹看著他發白的臉色，終究還是站了起來。

「你在這裡等我，我去找個沒人的地方，再試試能不能聯繫到白昭。」

青鱗眼見著他走進咖啡館，帶著微笑的臉立刻垮了下來。

他從外套口袋裡取出了一塊巴掌大小的銅鏡，劃破自己的指尖，把血滴了上去。

鏡面發出微弱光芒，然後閃現了他心中想尋之物的蹤影。

奇練把這件只能使用一次的法器給他，本意是讓他尋找素潤，但此刻他哪還有多餘的心思考慮奇練。

鏡面之中出現了一間教室，許多年輕人坐在裡面低頭寫字。在最前面的位置，模樣清麗的少女正一邊轉筆，一邊東張西望。

她前額的瀏海被風吹動，顯露出了自上而下的三點紅印。

孤虹推開了門，一抬頭，就看到站在面前的青鱗。

他正要說話，卻被青鱗一把摟進了懷裡。

「孤虹……」青鱗的聲音比方才更虛弱了。

「怎麼了？」他嚇了一跳，連忙伸手回抱住青鱗。

卻只聽見青鱗在他耳邊輕聲說：「孤虹，我一直都……愛慕你……」

孤虹只覺得耳根一陣發熱，青鱗極少如此直白地表述愛慕之意，他一時間不知該如何回應。

「我當然知道。」他低下頭，掩飾上揚的嘴角：「也的確是你一直在纏著我。」

「你要記得，我從很久很久以前，就開始愛慕你了。」青鱗的神色極其認真。「比誰都更早。」

「你到底想說什麼？」他抓得太緊，孤虹忍不住蹙起眉頭。

「我們早些找到白昭和另一半的靡常令，然後就離開這個地方吧！」青鱗鬆開了他，卻還是緊緊抓著他的手。

離開之後再想辦法……

總之，永遠不能讓人知道！

比誰都要更早，在梅花林中再遇之前，在吞下半心之前，在用這雙眼睛看到之前，在任何人之前所愛上的孤虹……

永遠，都只能是他一個人的。

——番外二〈願逐月華〉完

高寶書版集團
gobooks.com.tw

BL017
蒼龍怒

作　　者　墨竹
繪　　者　mine
編　　輯　林紓平
校　　對　任芸慧
排　　版　彭立瑋

發 行 人　朱凱蕾
出　　版　三日月書版股份有限公司
Printed in Taiwan
地　　址　臺北市內湖區洲子街88號3樓
網　　址　www.gobooks.com.tw
電　　話　(02) 27992788
電　　郵　readers@gobooks.com.tw（讀者服務部）
傳　　真　出版部　(02) 27990909　行銷部 (02) 27993088
郵政劃撥　50404557
戶　　名　三日月書版股份有限公司
發　　行　英屬維京群島商高寶國際有限公司台灣分公司
Global Group Holdings, Ltd.
初版日期　2019年 4 月
二刷日期　2021年10月

國家圖書館出版品預行編目(CIP)資料

蒼龍怒 / 墨竹著.-- 初版. -- 臺北市：三日月書版股份有限公司出版：英屬維京群島高寶國際有限公司臺灣分公司發行, 2019.04-
面；　公分. --

ISBN 978-986-361-651-1(平裝)

857.7　　108001780

◎凡本著作任何圖片、文字及其他內容，未經本公司同意授權者，均不得擅自重製、仿製或以其他方法加以侵害，如一經查獲，必定追究到底，絕不寬貸。
◎版權所有　翻印必究◎

三日月書版

三日月書版

GOBOOKS
& SITAK
GROUP©

GOBOOKS
& SITAK
GROUP©